光文社文庫

素敵な日本人

東野圭吾

光　文　社

目次

正月の決意

1

時間をかけ、ゆっくりと墨をすった。硯と墨のこすれる音が、六畳の和室に広がっていく。隣の部屋からは物音が聞こえなくなっていた。つい先程まで康代は神棚の飾り付けをしていたが、終わったのだろうか。

墨汁の色が十分に濃くなったところで達之は手を止めた。墨を置き、代わりに筆を手にした。筆先に墨を付けながら、薄く目を閉じた。書く文字はすでに決めてある。

深呼吸を一つした後で瞼を開き、白い半紙に目を向けた。背筋を伸ばし、筆の先端を近づけていく。

ぐっと気持ちが昂ぶったところで、一気に筆を走らせた。書き上げたのは、二つの文字から成る言葉だった。筆を置き、改めて眺めた。

我ながら、上手く書けたと納得した。達之は書道二段だ。毛筆には些か自信がある。

よし、と呟いてから書道の道具を片づけた。

隣の部屋では康代が御神酒用の徳利を箱から出しているところだった。卓袱台の上には、すでに二つの盃が出されていた。屠蘇、と表に書かれた袋もある。

屠蘇散には、紅花、浜防風、蒼朮、陳皮、桔梗、丁子、山椒、茴香、甘草、桂皮といった薬草が含まれている。これを酒やみりんに混ぜたものが、お屠蘇だ。

正月には書き初めをし、お屠蘇を飲むのが前島家の慣習だ。子供たちが独立し、夫婦二人きりになった後も、ずっと変わらなかった。

「どうだった、書き初めは？」康代が訊いてきた。

「うん、うまくいった。後で見せてやろう」

それは楽しみ、といって康代は微笑んだ。

達之は壁の時計を見た。間もなく午前六時になろうとしている。

「そろそろ出かけるか」

「そうね」

「厚着するんだぞ。元旦は冷えると天気予報でいっていた」

「あ、はいはい」

支度し、二人で外に出た。まだあたりは暗かった。空気が冷たく、マフラーの下で首をすくめた。康代は古いコートに身を包んでいる。肘のあたりは毛玉だらけだ。

二人が向かう先は近所の神社だ。有名な神社へは、もう何年も行っていない。初詣は地元の氏神様で十分だと思っている。

途中から神社まではほぼ一本道だ。通りに人の姿は全くなかった。時間が早いこともあるが、地元の神社に参ろうとする人間が減ってきているのだ。神社で行われる祭りも年々寂しいものになっていく。地方はどこも活力が減る一方だ。

前方に鳥居が見えてきた。街灯がないので、その先は薄暗くてよく見えない。

石段を上がり、鳥居をくぐった。正面に本殿がある。そこまでは砂利道になっている。

あら、と康代が声を漏らした。「何かしら、あれ」

「何だ？」

「あそこよ。ほら、お賽銭箱の前」

いわれた場所に目を向け、達之も気づいた。地面に何か置いてある。

さらに近づき、正体に気づいた。何か、ではなくて人だった。置いてあるのではなく、倒れているのだ。

「酔っ払いかしら」

「そうかもしれない」

おそるおそる近寄った。倒れているのは男性だった。しかも奇妙なことに、ラクダのシャツに股引という姿だった。靴も履いていない。

あっ、と康代が声をあげた。「この人……この人……」

「えっ？」達之は男の顔をじっくりと見た。年齢は七十代半ばといったところか。小柄で痩せている。

あっ、と今度は彼が口を開けた。

倒れているのは、この町の町長だった。

2

まずは近所の交番から若い警官が駆けつけてきた。それからすぐに救急車がやってきて、救急隊員が担架で町長を運び去っていった。警官にも救急隊員にも、達之は同じように説明した。妻と二人で初詣をしようと思ってやってきたら、賽銭箱の前で町長が倒れていた――これ以上のことは何も知らない。それなのに彼等は同じことを訊いた。どうして遺体は下着姿なんですか。そんなこと自分たちは知らない、と答えるしかなかった。

騒ぎを聞きつけてか、宮司が現れた。浅黒い顔をした、神主姿よりゴルフウエアのほうが似合いそうな人物だった。

若い警官が事情を説明した。

「へえ、ここでそんなことが」宮司は目を丸くし、本殿を見ていた。

間もなくパトカーが何台か登場した。その頃になると野次馬が集まりだした。警官たちが鳥居の前に立ち入り禁止のテープを張り始めたので、彼等から不満の声が上がった。

「何だよ、初詣をさせねえのかよ」

「警察、横暴だぞ」

ふん、と宮司が鼻を鳴らした。

「何をいっている。元々、うちの神社に参る気なんてなかったくせに。参ったところで、どうせ賽銭も払わんくせに」

達之が顔を見つめていると目が合った。どう解釈したか、宮司は頷いた。「信心深い人間が減ってきて、本当に困ります」

達之は返答に困ったので、はあ、と曖昧に答えておいた。

背広を着た大柄な男が達之たちに近づいてきた。

「あなたたちが第一発見者ですか」

「そうです」

名前や住所、連絡先などを訊かれたので正直に答えた。相手の男は熊倉（くまくら）と名乗った。

態度などから、捜査の責任者らしいと察せられた。彼を課長と呼ぶ者もいた。

発見した時の状況を訊かれたので、またしても同じ話を繰り返すことになった。話を聞き終えると、熊倉はいった。「なんで下着姿だったんですかね」

さあ、と達之は首を傾げた。少し腹が立ってきた。

周囲に目を向けたが、捜査員たちは特に捜査らしきものをしている様子ではなかった。生呼ばれたので、仕方なくやってきたという感じだ。中には少し顔の赤い者もいた。欠伸を繰り返しているところを見ると、年越しの酒が抜けきらないでいるところを呼び出されたのかもしれない。本殿に向かって盛大に柏手を打っている者もいた。

「拝むなら、賽銭を入れろよな」宮司が達之の横でぼやいている。

ちょっと失礼といって熊倉が携帯電話を取り出した。着信があったらしい。

「ああ、俺だ。……おっ、そうか。そいつは助かった。……えっ、何？　……はあ？　何だよ、それ。どういうことだよ。……えー、面倒臭いことをいいだしたもんだなあ。医者は何といってるの？　……えー、そうなのか。……ああ、そうしてくれ。……えっ？　ちょっとマジかよ、それ。やばいよ、それは。だとしたら、俺たちの手には負えないぜ。参ったなあ、正月早々。……ああ、わかった。とにかく鑑識に見てもらうわ」

熊倉は電話をポケットにしまった後、「おい、スズキ」と呼んだ。さっきまで柏手を打っていた刑事がやってきた。

「町長の意識が戻ったらしい」

「そうですか。じゃあ、よかったじゃないですか。もう帰っていいですか」

「だめだ。記憶がないそうなんだ」

「はあ？」

「何が起きたのか、全然覚えてないんだってよ。地元の支持者と居酒屋で呑んでたところまでは記憶にあるが、そこから先は真っ白だそうだ。とりあえずその居酒屋には聞き込みに行ってもらっている」

「記憶喪失ってやつですかね」

「そういうことらしい。それにもう一つ、厄介なことがある」熊倉は顔をしかめつつも声を落とそうとしない。会話が達之たちの耳にも入ってくる。「頭を殴られているらしい」そういって自分の後頭部を軽く叩いた。

「えー、転んだとかじゃなくて？」

熊倉はしかめっ面のままで首を振った。

「鈍器で殴られた痕だって、医者は断言してるそうだ。しかもかなり強い力でな。頭の骨にひびが入っているらしい」

「えー」スズキ刑事は泣きそうな顔をした。「まさかの殺人未遂ですかあ。正月なのに。俺、スキーに行こうと思ってたんだけどな」

「俺だって、温泉旅館を予約してあるんだ。とにかくそういうことだから、署長の判断を仰ぐしかない。連絡してくれ」

「ええー」スズキ刑事は、これまでで一番大きなリアクションを見せた。「俺がですか？　元日に電話なんかかけたら、怒鳴られちゃいますよ」

「しょうがねえだろ。県警本部に協力を要請するかどうかは、署長に決めてもらわなきゃいけないんだから。殺人未遂事件となりゃ、場合によっちゃ捜査本部が立つ」

「捜査本部、立ってほしくねえなー」情けない顔をしながらスズキ刑事は携帯電話を取り出した。

3

社務所に移動し、達之たちは改めて事情聴取をされることになった。とはいえ、ただ同じ話を繰り返すしかないのだが。

「よーく思い出してください。神社に着く前、誰かとすれ違いませんでしたか。すれ違ってるはずなんだけどなあ」

熊倉は同じことばかり訊くが、達之たちとしても同じことしかいえない。

「誰ともすれ違ってはいません。うちから神社までの道には、人っ子一人いませんでした」

「でも病院からの情報によれば、殴られてから、まだそんなに時間は経ってなかったはずだってことなんですよ。だから犯人が神社から逃走する際、あなた方とすれ違ってなきゃおかしい。どういうことなのかなあ。犯人は、どうやって逃げたのかなあ」

「こちらの姿を見て、どこかに隠れたんじゃないでしょうか」

うーん、と熊倉は唸った。

「隠れられそうなところ、殆どないんですよね。何しろ、殺風景な町だから」

「そういわれても、本当に誰も見てないんだからどうしようもないです」

「ははあ、まあそうなんでしょうねえ」熊倉は額を掻き、「町長のことも見つけなきゃよかったんですけどね」と小声でいった。

えっ、と達之は訊いた。「我々が町長を見つけたのが悪いんですか」

「ああいや、決してそんなことは」熊倉は慌てた様子で両手を振った。「あなた方が見つけなければ町長は助からなかったかもしれないわけで、そうなっていたら殺人事件で、もっと騒ぎが大きくなっていたでしょうから、それはもう、見つけていただいて助かっています。はい、それはもう。おまけに、こんなふうに捜査に協力までしていただいて、感謝しております」

達之は吐息を漏らした。見つけたのはいいが、この場に留まっていたのがよくなかったらしいと解釈した。通報者が立ち去っていれば、警察としては話の聞きようがなく、つまり事件を何とでもできたというわけだ。

外からスズキ刑事が入ってきた。その顔つきは冴えない。

どうだ、と熊倉が訊いた。「見つかったか」

「だめです」スズキ刑事は首を振った。「神社の境内にはないようです」

「よく探したのか。一口に鈍器といってもいろいろあるぞ。石とか棒とか、何か落ちてないのかよ」

どうやら凶器の話をしているようだった。達之たちが社務所に移ったのも、大勢の捜査員たちによる現場検証が始まったからなのだ。

「境内は砂利ばっかりで、手頃な大きさの石は見つかりませんでした。棒といえば、神社の裏に竹箒がありましたが、あれで殴ったところで頭蓋骨にひびが入るとは思えません」

スズキ刑事の返答に、熊倉は口を歪める。「しょうがねえなあ」

「あの、刑事さん」達之は熊倉に話しかけた。「我々は、いつまでここにいなければいけないんでしょうか。お話しすべきことは、全部話したと思うのですが」

「いや、あのもう少し辛抱していただけますか。間もなく署長が到着すると思いますので」

「署長さんが……」

「御承知の通り、これは殺人未遂事件です。しかも町長が狙われたのですから大事件だ。たぶん署長は県警本部の協力を要請すると思います。で、本部の連中が来れば、どうせまたあなた方から話を聞こうとするでしょう。一旦帰宅していただいても、もう一度出てきてもらわねばならんのです。そんな二度手間をするぐらいなら、ずっとここにおられたほうがお互い楽じゃないですか」

「はあ……」

あんたたちが楽なだけだろう、といいたいのを達之は我慢した。

宮司がお盆に湯のみ茶碗を載せて現れた。

「まあ、ゆっくりしていってください。現場検証が一段落したところで、初詣をされたらいかがですか」

「おう、それがいい。是非そうしてください」熊倉が何度も頷いた。

達之は湯のみ茶碗を手にした。一口含み、噴き出した。

「何ですか、これは。お酒じゃないですか」

「ただの酒ではなく御神酒です。ささ、遠慮なく。刑事さんたちも」宮司が愛想笑いをした。

「ううむ、勤務中ではあるが、御神酒ということなら断るわけにはいかんな」熊倉は嬉しそうに手を伸ばした。スズキ刑事も目尻を下げて呑み始めた。

そこへ若い刑事が入ってきた。「署長が到着されました」

おおっ、といって熊倉が立ち上がった。スズキ刑事も直立不動の姿勢を取った。達之は康代と顔を見合わせた後、一緒に腰を上げた。

制服に身を包んだ丸顔の男が、仏頂面で入ってきた。金縁眼鏡の奥の目は、あからさまに眠そうだ。男は社務所内を見回した後、ストーブの前に移動した。すぐにスズキ刑事がパイプ椅子を移動させた。男は礼もいわずに腰を下ろした。「うー、冷えるな」

宮司が、「まずは一杯」といって湯のみ茶碗を差し出した。署長がそれを受け取ると、徳利で注いだ。署長は何ひとつ疑問を口にすることなく酒を呑み、「おう、あったまるわい」と呟いた。

署長、と熊倉が一歩前に出た。早速報告を始めるのだろうと達之は思った。

「あけましておめでとうございますっ」違った。新年の挨拶だ。

おめでとうございます、とスズキ刑事も続いた。

うんうん、と署長は空いたほうの手をストーブにかざしながら鷹揚に頷いた。「おめでとう。今年もしっかりがんばってくれ」

はいっ、と声を合わせて返事をした後、刑事たちは着席した。達之たちも座った。宮司はお盆を抱えて、奥に消えた。

「で、どういう状況なの？」署長が訊いた。

熊倉が説明を始めた。署長は時折達之たちに目を向けながら聞いているが、あまり関心があるようには見えなかった。

「と、いう状況です」熊倉の話が終わった。

「ふうん」署長は顎を掻きながら達之を見た。「おたくらが見つけたわけね」

はい、と達之は頷く。

「こんな朝っぱらから」

「初詣をしようと思ったんです」

「でもこんな地元の神社じゃなくてもいいんじゃないの」

「毎年の恒例なんです。すみません」いいながら、なぜ自分が謝っているんだろうと達之は思った。

署長は顔をしかめ、うーん、と唸った。「厄介な話だなあ」

「何しろ被害者が町長ですからねえ」熊倉がいう。

「この三が日、いろいろと予定が入ってるんだよな。今夜だって商店街の新年会に呼ばれてるし」

「おお、例の」熊倉が目を輝かせた。「超ミニスカートの若いコンパニオンが二十人ほどやってくるとか」

「いやそれは以前の話だ。今は十人も来ればいいほうだ。不景気だからなあ」

「それでも羨ましい話ですよ」

「だけど行けないんじゃしょうがない。県警に連絡して捜査本部なんか作っといて、自分だけ宴会に出るってわけにはいかんからなあ」署長は眉の上を掻いた。「町長、何も覚えてないって?」

「支持者と居酒屋にいたところまでは覚えているようです。店の関係者に当たったところ、たしかに午前一時頃まで呑んでいたらしいです。支持者とはその店で別れて、町長は一人で帰ったということです。居酒屋は、ここから数百メートルのところにあります。

店を出てからの足取りは不明です。ちなみに支持者にはアリバイがありました」

　参ったなあ、と署長は首の後ろを叩いた。「町長、たしか喜寿だよな。いい歳して、記憶をなくすほど酒を呑んでどうするんだ」

「いいえ、病院からの情報では、アルコール量は大したことはなさそうです。記憶がないのは、やはり殴られた影響かと」

「ふうん。で、どうして下着姿なわけ？」

「それも大きな謎です。今のところ、犯人が脱がした可能性が一番高いわけですが」

「何のために？」

　さあ、と熊倉は首を傾げるだけだ。

「参ったなあ。県警本部に協力を要請するしかないか。ぐずぐずしてたらマスコミに嗅ぎつけられちゃうし。くそー、コンパニオンは諦めるしかないか。どこのどいつが犯人か知らないが、何でよりによってこんな時に事件を起こすんだよ。せめて三が日が過ぎるまで待てなかったのかよ」署長は首を回しながらぼやいた。

　その時だった。熊倉の携帯電話が着信を告げた。

「俺だ。……えっ、何だとっ。……間違いないんだな。……そうか。よし、周辺を片っ端から聞き込みだ」威勢よくいって電話を切った後、署長のほうを向いた。「町長の衣類が見つかったそうです。靴も」

「そうか。どこにあった？」

「先程話に出た居酒屋から数十メートル離れたところにある公園です。ベンチの陰に隠すように置いてあったとか。——おい、スズキ、おまえも応援に行け」

はい、と返事してスズキは出ていった。

「公園か。何でまたそんなところに……」署長が首を捻った。

「新たな可能性が浮上したってことですね」熊倉が声を低くした。「今まで犯行現場はこの神社だと決めつけていましたが、じつはその公園なのかもしれません。町長は居酒屋を出た後、その公園で何者かに殴られて昏倒した。そう考えれば、町長の記憶の欠落とも話が一致します」

「なるほど。犯人は公園で服を脱がした後、町長の身柄をこの境内まで移動させたと」

「そうです。おそらく犯行現場を錯誤させるためでしょう。犯人は、町長が助かって意識を取り戻すとは考えなかったんですよ」

「だとすれば、凶器も公園の周辺に捨てられた可能性があるな」

「同感です。早速、捜索に当たらせましょう」そういって熊倉が携帯電話を構えた時、またしても着信があった。「熊倉だ。どうした？　……何？　……おっ、そうかやっぱり。……うん……うん……よし、そのセンで進めてくれ。それから凶器の捜索も頼む」

電話を切り、署長を見た。「新たな情報です。昨夜現場付近で、男同士が怒鳴り合っていたという証言が得られたそうです。どちらも年配者のようだったとか」

署長が身を乗り出した。「顔は？　見てないのか」

「残念ながら顔までは。しかし一方は小柄で、もう一方は長身だったそうです。小柄なほうが町長だと思われます」

「よし。町中をくまなく調べろ。怪しいノッポを見つけたら、遠慮なく引っ張れ」

「わかっています。すでにそのように動いているそうです。ところでどうしましょう、県警本部への連絡の件は」

「そうだな」署長は腕組みした。「この調子なら、早期解決もありうるな。下手に県警本部に連絡して、手柄を横取りされるのもしゃくだし、もうしばらく様子を見るか」

「それがいいと思います。それに県警本部の捜査一課長はカタブツで有名です。がっちりと証拠固めをしないかぎりは送検しない主義で、捜査が長引くおそれがあります」

「それはいかんな。よし、県警には知らせないでおこう」署長は腕時計を見た。「何とか夕方までには片づけたいな。そうすれば新年会に間に合う。もしそうなったら熊倉課長、君も連れていってやろう」

「本当ですか」熊倉の目が燦然と輝いた。

「ああ、本当だ。ぴっちぴちのコンパニオンの生足で、目の保養をするといい」

「ありがとうございますっ」

あのう、と達之は再び口を開いた。「県警本部に知らせないということなら、我々がここにいる必要もないと思うのですが」

熊倉と署長が顔を見合わせた。次に二人は、くるりと達之たちに背を向け、何やらひそひそと話し始めた。使い途、という言葉が聞こえた。

二人が再び達之たちのほうに向き直った。

「申し訳ないのですが、もう少しここにいていただけますか」熊倉がいった。

「どうしてですか。もう我々に用はないと思うのですが」

「ところが、そうでもないんです。あなた方にしかお願いできないことがありまして」

達之は眉をひそめた。「お願い？　何ですか」

「それは……その時になればお話しします」熊倉は歯切れが悪い。

「大丈夫、大丈夫。心配しなくていいよ。おたくらには迷惑はかからんようにするから」署長が狡猾そうな笑みを浮かべた後、奥に向かって声をかけた。「おーい、宮司。酒はもうないのか。お客さんにおかわりを」

「お客さん？」

はーいと返事があり、宮司が現れた。お盆に徳利を載せている。「お待たせしました」

「いや、私はお酒はもう……」

達之は手を振ったが、署長が徳利を摑み、強引に注いできた。

「遠慮しないで。正月じゃないですか。この神社にある酒なんて、どうせ酒屋に奉納させたものなんだ。遠慮する必要なんてない」

「いや、別に遠慮しているわけじゃ……」

その時、またしても熊倉が携帯電話を耳に当てた。

「俺だ。……何っ、そうか。それで白状したのか？ ……うん……うん。……かまわん、とりあえず署に連れていけ。それから、そいつの顔写真を送ってくれ。……うん、よろしく頼む」携帯電話の蓋をぱたんと閉じ、熊倉は署長を見た。「駅の待合室のベンチで不審人物が寝ていたそうです。職務質問したところ、四十五歳の会社員でした。会社の仲間と遅くまで吞んでいて、いつの間にか酔いつぶれたようだといっているようです。会社の仲間と別れてからの記憶はないとか」

「その男の体形は？」署長が訊いた。

「身長一八〇センチで痩せているそうです」

「ノッポだなっ」署長は指を鳴らした。「そいつだ。そいつで決まりだ」

「署に連れていくよう指示しました。後は白状させるだけです」

「何としてでも自白させろ。少々強引な手を使っても構わん」

「わかりました。そのように指示を……おっと、メールが届きました」熊倉は不慣れな手つきで携帯電話を操作した。「不審者の顔写真です。うーむ、たしかに怪しげな男だ」

署長も横から熊倉の携帯電話を覗き込んだ。次に二人は顔を見合わせ、意味ありげに頷き合った。

「お二人に見ていただきたいものがあります」熊倉が液晶画面を達之たちに向けた。「この男を見たことはありませんか」

そこに映し出されていたのは、長い顔の男だった。髪が乱れているのは、待合室で寝ていたからだろう。目はとろんとしていて覇気がなく、口元にはよだれの乾いた跡があった。全く知らない男だったので、達之はそのように答えた。隣で康代も頷いている。

「本当ですか。よく見てください。たとえば、今朝ここへ来る途中に見かけた、なんてことはありませんか」

熊倉の言葉に達之は当惑した。

「先程、誰にも会わなかったと申し上げたはずですが」

「わかっています。ですから、もう一度よく思い出していただきたいんです。人間の記憶というのはいい加減なものです。誰にも会わなかったと思い込んでいるだけではありませんか。本当は、こういう男をちらっと見てたりするんじゃないですか」

達之は妻と顔を見合わせ、首を傾げた。

「そういわれましても、覚えがないんだからどうしようもありません」

「いや、ですから――」

「私から話そう」署長がそういって咳払いした。「これまでのやりとりを聞いていたらわかると思いますが、犯人らしき男を捕まえました。しかしどうやらそいつは酔ってて記憶がないらしい。被害者の町長も同じような状態だ。これではどうにも幕の引きようがない。そこで容疑者から自供を引き出すために、ここはひとつ、協力してもらえないかと頼んでいるわけなんですよ」

「といいますと？」

だからあ、と署長は声をひそめた。「おたくらが一言、この男らしき人物を神社のそばで見かけたといってくれれば、後はこちらでうまく処理します。おたくらに絶対に迷惑はかけない。これは約束しましょう」

ようやく話が見えてきた。つまり彼等は署に連行した男を犯人だと断定するため、嘘の証言をしてくれといっているのだ。先程ちらりと聞こえた「使い途」とは、こういうことだったのか。

「お断りします」達之は、きっぱりといいきった。「そんな人を陥れるようなこと、できるわけがない」

「陥れるわけじゃない。酔っ払いの記憶を喚起させるだけだ。どうせそいつが犯人だよ。酔っ払い同士が喧嘩して、はずみで殴っちゃったっていう程度の話だろう。町長の命に別状はないみたいだし、大した罪にはならない。ねえ、ひとつ協力してもらえんかね」

「嫌です。嘘はつきたくありません。それに、もしほかに真犯人がいたらどうするんですか。町長の命を狙った人間がいたのだとしたら、重大事件ですよ」

署長は大きなため息をついた。「どうしてもだめかね」

「だめです。そういうわけで、もう我々には用がないと思いますので、これで失礼させていただきます。構いませんね？」

熊倉が署長を見た。署長は下唇を突き出し、頷いた。「まあ、仕方ないだろう」

達之は康代を促し、立ち上がった。その時、署長の携帯電話が鳴りだした。

「私だ。何だ、このくそ忙しい時に。……捜索願？　何だ、その程度のことで私に電話してくるな。……何？　教育長が？　……うん……うん。……へええ、わかった。じゃあ、誰かに話を聞きに行かせてくれ」

　電話を切った署長に、「どうかしましたか」と熊倉が訊いた。

「教育長の家族から連絡があったそうだ。昨夜遅くに知り合いと呑むといって家を出ていったきり、帰ってこないらしい」

「教育長が？　どこへ行ったんですかね」

「さあな。どこかで酔いつぶれてるんじゃないか。全く、こっちは取り込み中だってのに面倒なことをしてくれるよ、あのノッポ爺さん」吐き捨てるようにいった後、署長は自分の言葉に驚いたように目を丸くし、熊倉と顔を見合わせた。「ノッポ……そうだ、教育長も歳のわりに背が高かった」

「おまけに痩せています。町長とも面識がある」

「町長が殴られた夜に教育長が行方不明か。これは偶然とは思えんな。よし、署員全員に指示を出せ。全力を挙げて、教育長を捜し出すんだ」

「了解しましたっ」

　彼等のやりとりに耳を傾けていた達之だったが、これ以上関わり合いになるのはやめようと思い、歩きだした。ところが康代がついてこない。立ち止まって、熊倉が電話をかけているのを見ている。

「おい、どうしたんだ。行くぞ」

　だが康代は返事をしない。やがて彼女は熊倉たちのほうに一歩進み出た。「あのう」

　電話を終えた熊倉が彼女を見た。「何ですか」

「教育長さんが犯人なんですか」康代は訊いた。

「それはまだわかりませんが、何か？」

「もしその方が犯人だとして、凶器はどこに隠したんでしょうか。そして、私たちに目撃されることなく、どうやってこの神社から逃走したんでしょうか」

「凶器については現在、犯行現場と思われる公園の周辺を捜索中です。逃走する姿をあなた方に目撃されなかったのは、何かの偶然が作用したと考えるしかありません」

「奥さん、一体何がいいたいのかね」署長が不機嫌そうに訊いた。

　康代は肩をすぼませながらも、署長たちを見上げた。

「犯行現場は、この神社だと思います。公園ではありません」

　署長が怪訝そうな顔をした。「なんで、そんなことがいいきれる？　じゃあ、どうして町長の衣服が公園にあったんだ」

「服を脱いだのは公園だと思います。でも公園は犯行現場ではありません。町長はこちらに来てから殴られたのです」

「だから、どうして？」

「足の裏が汚れていたからです」康代はいった。「靴下が汚れていました。もし何者かによって運ばれたのなら、汚れていないはずです。町長は公園からここまで、自力で来たのです。しかも靴を履かずに」

「何のために？」

「それはわかりません。もしかしたら犯人に脅されたのかも。とにかくそう考えなければ、足の裏が汚れていたことの説明がつきません」

署長と熊倉は黙り込んだ。反論が思いつかないのかもしれない。

しかし、と熊倉がいった。「神社の周辺から、凶器は見つかっていません」

「だから、犯人が持っているのだと思います」康代はいった。「さらにいえば、犯人がこの神社から逃走していれば、必ず私たちに目撃されていたはずなのにそうならなかったのは、まだ逃走していないからだと思います」

えっ、と二人は同時に声をあげた。

「まだ逃走してないって、奥さん、それはどういうことだ」署長が訊く。

だから、と康代はいった。「まだここにいるんです。この神社に」

「まさか」熊倉が立ち上がった。「そんな馬鹿なことがあるわけない。全部調べたのに」

「いいえ、全部ではありません。神社内の現場検証が始まると同時に、私たちはこの社務所に移動してきました。でもこの社務所内だけは、まだ調べられていないはずです。社務所の奥だけは」

この言葉に、達之もぎくりとした。社務所の奥に通じるドアを見た。

そこには宮司が立っていた。彼の顔面は蒼白だった。

4

教育長が潜んでいたのは、社務所の奥にある物置だった。かくまっていた宮司が、彼に捜査状況などを伝えていたらしい。

「わしは町長を殴っとらん。あれは単なる事故だ」社務所の真ん中に座った教育長は、不貞腐れたようにいった。たしかに七十歳のわりに背丈が高く、痩せている。

「一体何があったんですか。大晦日の夜に家を抜け出して、どこへ行くつもりだったんです」熊倉が訊いた。

教育長は仏頂面で腕組みした。「いいたくない」

「教育長……」熊倉が眉尻を下げる。

「諦めましょうよ、もう」宮司が教育長にいった。「下手に隠すと、話が大きくなっちゃうおそれがあります」

「そうだ、正直にしゃべったほうがいい」署長もいう。

教育長は口元を曲げ、「『いろは』だよ」と投げ捨てるようにいった。

「『いろは』というと、商店街の外れにある小料理屋ですか」熊倉が確認した。

「そうだ」

「どうしてそんな時間にあの店に？」

教育長はまたしても口を閉ざす。すると宮司が、「女将ですよ」といった。「教育長は今、あの店の女将がお気に入りなんです」

「女将？　でもたしか、六十歳近いんじゃ……」

「まだ五十八だ」教育長がぼそりという。「わしより一回り下だ」何か文句があるか、という口ぶりだ。

「ええとそれで、どうして町長が絡んでくるんですか」そういってから、はっと気づいたように熊倉は教育長の顔を見た。「もしかすると町長も、その女将に？」

教育長は、ふんと鼻を鳴らした。

「身の程知らずもいいところだ。七十七だぞ、あの爺さん。いい加減、枯れる歳だろうが」

　七十歳では、まだそうではないということらしい。

「すると、店で鉢合わせしたわけですか」

「店でじゃない。店の前でだ。大晦日は午前一時に店じまいだと聞いていたから、それに合わせて行ってみたところ、あの爺も反対側から来るところだった。何だ教育長、店じまい後に来るなんてどういう狙いだと訊くから、あんたこそ何を夢見てやってきたんだといい返した。そこで公園に移動して、話をつけることにしたんだ」

「話をつけるというと……どのように？」

「まさか決闘というわけにもいかんからな、福男でいこうということになった」

「ふくおとこ？」

「西宮神社の行事を知らんのか。一月十日の開門と同時に、男たちが本殿を目指して駆けっこをするという儀式だ。一番乗りになった男には福男の称号が与えられる」

「駆けっこって、まさかそれをやったわけですか」

「町長のほうからいいだしたんだ。神社の本殿の鈴を先に鳴らしたほうが勝ちだ。負けたほうは女将から手を引く。わしも男だ。逃げるわけにはいかん。公園からスタートすることになった。するとどうだ。町長のやつ、服を脱ぎ、革靴を脱ぎ始めた。そのほうが走りやすいと考えたようだな。わしはそのままの格好で走ることにした。七十七歳の爺に、まさか負けるわけがないと思ったからな。ところが、だ」教育長は忌々しそうに舌打ちをした。「走りだすと、あの爺、思った以上に元気で速い」

「健康のため、町長は毎朝ランニングをしているそうです。新聞で読みました」宮司が皆に解説した。

「それで？」熊倉が教育長に先を促す。

「わしも懸命に走ったが追いつけなかった。神社の鳥居をくぐった時には、町長が今まさに鈴を鳴らそうとしているところだった。もうだめだと諦めた直後、思いがけないことが起きた」

「何ですか」

「鈴が落ちてきて、町長の頭に命中したんだ」

「鈴が？」

「鈴を固定してあった金具が外れたらしい。すごい音がして、町長は気絶した。そこへ宮司がやってきたというわけだ」

熊倉は宮司に視線を移動させた。「あなたは何を……」

「ここは私が何とかしますから、教育長は逃げてくださいといいました」

「ところが逃げられなくなった」教育長が達之たちを見た。「その二人の姿が見えたからだ。仕方なく、社務所に身を潜めることにした。隙を見て逃げるつもりだったが……」

その隙がなかった、ということらしい。

物置を捜索していたスズキ刑事が奥から現れた。「これが見つかりました」

彼が抱えているのは巨大な鈴だった。壊れた金具と太い紐が付いている。

「すみません。本当のことを打ち明けたかったのですが、教育長たちの名誉を守らねばと思いまして……」宮司が言い訳した。

調子のいいことを、と傍で聞いていて達之は白けた。宮司が隠したかったのは教育長たちの不祥事ではなく、本殿の鈴が落ちたことだろう。町長の身に何かあれば、神社の管理ミスということで、宮司の責任が問われるからだ。無論この場にいる者たちはそのあたりの事情もわかっているので、何もいわずに冷笑を浮かべている。

熊倉が携帯電話を手に、外に出ていった。重苦しい沈黙が社務所内に充満している。

辞去するタイミングを失い、達之も困っていた。

熊倉が戻ってきた。

「町長が記憶を取り戻しました。というより、記憶を失っていたというのは芝居だったようです。教育長がすべて白状したことを聞き、観念したのでしょう」

「すると教育長の話は……」署長が問う。

「概ね、真実のようです」熊倉はいった。「ただし町長は、女将に目をつけたのは自分のほうが先で、教育長が横恋慕してきたと主張しているそうです」

「何だと、あのくそ爺っ」教育長が目を吊り上げた。「そもそも、わしがあの店を教えてやったのに」

「まあまあ、そんなことどっちだっていいじゃないですか」げんなりした顔で熊倉はいった。「どうします、署長。町長は被害届を出す気はないそうですが」

「ふん。あの爺さんにだって、奥さんがいるからな。事を大っぴらにはできんだろう」

自らも妻帯者の教育長がいった。

署長は宮司と教育長の顔を眺めた後、ふっと息を吐いた。「何もなかったことにしよう。捜査員全員を撤収させてくれ」

了解です、と熊倉が元気よく答えた。「これで今夜の新年会に行けますねっ」

ただし、と署長が達之たちのほうを見た。「そうなると町長を発見した者も、警察に通報した者もいないということになるが……」

全員の目が達之たちに注がれた。懇願の色が滲んでいた。

達之は全身の力が抜けるのを感じた。

「わかりました。それで結構です。私たちは何も見ていません」気の入らない声で答えた。

5

達之と康代が家に着いたのは、午前十時を少し過ぎた頃だった。とんでもない初詣になってしまった。いや実際には参ってもいない。ずっと社務所にいただけだ。

部屋に入ると、達之は座布団の上に座り込んだ。何だかひどく疲れている。

「お茶でも入れましょうか」康代が尋ねてきた。

「いや、今はいい」

達之は卓袱台の上に目を向けた。お屠蘇の支度が整っている。初詣をしてきたら、二人で呑むつもりだった。

だがお屠蘇は、ふつうのものとは違う。酒に混ぜてあるのは屠蘇散ではなく、青酸カリだった。達之の工場で保管してあったものだ。

その工場は、昨年の秋から閉鎖したままだった。動かそうにも仕事がないのだ。従業員の給料は、何か月も未払いになっている。膨らんだ借金を返せる見込みなど全くない。

会社は間もなく倒産するだろう。この家も抵当に入っている。つまり住むところもなくなる。

真面目に生きてきた。ひたすら誠実に生きてきたつもりだった。それでもうまくいかないこともある——そう思い知った。

話し合った末、ほかに道はないという結論に達した。自分たちが死ねば、生命保険金が子供たちに入る。そのお金で迷惑をかけた人々にできるだけお詫びしてほしい、という主旨の遺書はすでに書いてある。

迷いはなかった。だからこそ、いつもと同じように正月の儀式をしようと康代と決めたのだ。初詣では、自分たちの成仏と、後に残していく人々の幸福を祈るつもりだった。

ところがその最後の初詣ができなかった。

ねえ、と康代がいった。「あれ、見せてくれる?」

「あれ?」

「書き初め。後で見せてやるといってたじゃない」

「ああ、そうだな」達之は座布団から腰を上げた。

二人で隣の部屋に移動した。半紙に書いた文字はすっかり乾いていた。立ったまま、二人でその文字を見下ろした。

誠意——。

黙ったまま、ずいぶんと長い間、文字を見つめていた。やがて康代が、「あなた」と口を開いた。「死ぬのはやめましょう」

達之は妻を見た。彼女の顔には、何かを吹っ切った気配があった。肩の力が抜け、すべてを達観した目をしていた。

「あんなにいい加減な人間たちが、威張って生きている。あんな馬鹿なくせに、町長だったり、教育長だったり、警察署長だったり——」

「宮司だったりする……」

康代は深く頷いた。

「それなのに、どうして私たちのような真面目な人間が死ななきゃいけないの？　そんなの、絶対に変よ。馬鹿馬鹿しい。あなた、がんばりましょう。私たちも、これからは負けないでもっといい加減に、気楽に、厚かましく生きていきましょうっ」これまでに聞いたことのない力強い声だった。

達之は腰を下ろし、半紙を持ち上げた。自分の書いた文字を改めて眺めると、「同感だ」といって、びりびりと真っ二つに引き裂いた。

十年目のバレンタインデー

1

その店は高級ブティックなどが入っているビルの一階にあった。中庭に面して入り口が設けられているので、外観には一軒家の趣（おもむき）がある。

重厚な装飾が施された扉を開けると、蝶ネクタイを着けた男性が立っていた。小さく会釈し、いらっしゃいませ、と落ち着いた声で挨拶してきた。

「津田（つだ）の名で予約が入っていると思うのですが」峰岸（みねぎし）はいった。

「お待ちしておりました」

男性に案内され、店の奥へと進んだ。四人がけのテーブルがずらりと並んでいるが、二割ほどが埋まっているだけだ。バレンタインデーの夜とはいえ、平日のフレンチレストランとなれば、こんなものなのかもしれない。

角に配置されたテーブルに、一人の女性が座っていた。峰岸を見て、にっこりと微笑みかけてきた。昔よりも少し痩せただろうか。だが整った顔立ちは相変わらずだ。切れ長の目には大人びた魅力が加わっていた。

峰岸は時計を見た。約束の時刻より五分ほど早い。

「お待たせ。参ったな。僕のほうが先に着いて、君を待っているつもりだったのに」

「私が早過ぎちゃったのよ。気にしないで」少し鼻にかかった声は変わらないが、気品が増しているように感じられた。

峰岸は椅子に腰を下ろし、津田知理子の顔を改めて見つめた。「こんばんは」

「こんばんは、お久しぶり」

「元気そうで何よりだ」

「あなたも」

ソムリエと思われる男性がやってきて、食前酒について尋ねた。

「シャンパンでいい?」知理子が尋ねてきた。

「いいね、賛成」

ソムリエが下がった後、「それにしても驚いたよ」と峰岸はいった。「まさか、今頃になって君が連絡をくれるとは思わなかった」

「ごめんなさい、迷惑だった?」

「とんでもない」峰岸は大きく首を振った。「迷惑だったら、今ここには座ってないよ。嬉しかった。正直なところ、ずっと会いたいと思ってた。でも連絡方法がないし、諦めてたんだ」

「だったらよかった」知理子は白い歯を覗かせた。「売れっ子作家を呼びつけたりして失礼だったかなって、ずっと気にしてたから」

「売れっ子？　それは、一年以上も新作を出していない作家への皮肉かな」

「構想を練っている最中でしょ。次の作品を楽しみにしてる」

「読んでくれているの？」

「もちろん」知理子は頷いた。「あなたの本は全部読んでる」

「それは光栄だな」

ソムリエがシャンパンを運んできた。琥珀色の液体の中で無数の泡が躍るのを眺めた後、峰岸はグラスを手にした。「では再会を祝して」

「十年ぶりのバレンタインデーにもね」知理子がグラスを合わせてきた。

シャンパンを口に流し込みながら、峰岸は目の端で知理子の姿を捉えていた。紺色のワンピースに包まれた身体は、十年前と体形が殆ど変わっていないように見える。まだ三十代前半のはずだから、むしろ女として成熟するのはこれからだ。

黒服の男性がメニューを抱えて現れた。

「何か苦手な食材はある？」メニューを開いてから知理子が尋ねてきた。

「いや、大丈夫」

「じゃあ、私が決めていい？」

「もちろん」

だったら、といって彼女は注文を始めた。バレンタインデーの特別コース料理というものがあるらしい。

「今夜は私が御馳走させてもらうわね」黒服が去ってから知理子がいった。

「いや、それは申し訳ないよ」

「だって、私から誘ったんだもの」

「そう……わかった」峰岸は頷いた。「じゃあ、遠慮なく」

「うん、遠慮しないで」右のピアスがきらりと光った。

峰岸はシャンパンを口にしながら、食事の後、知理子はどうするつもりなのだろう、と考えた。食事をしながらワインを飲むだろうから、店を出る頃にはほろ酔い気分になっているかもしれない。とりあえずはもう一軒、どこかのバーにでも誘ってみるか。問題はその後だ。

「ああ、そうだ」知理子が何かを思い出したような顔をし、隣の椅子から小さな紙袋を取り上げた。「バレンタインデーだっていうのに肝心なことを忘れてた。はい、これ」

峰岸のほうに差し出してきた。

「えっ、何？」袋の中身は見当がついたが、意表をつかれたような演技をして受け取った。袋の中に入っていたのは、四角い紙包みとピンク色の封筒だった。紙包みには、有名な洋菓子店名が印刷されている。それを取り出し、「久しぶりだな。バレンタインデーにチョコレートを貰ったのなんて何年ぶりだろう」といった。「今はもう、義理チョコを受け取ることもないしね。ていうか、義理チョコという言葉自体、死語だし」

「でも、本命の彼女からは貰うでしょ？」

「本命？　考えてみてくれよ。そんな相手がいるのに、今夜こうして君と会ってると思うのか？」

「じゃあ、今年はいないってことね」

「去年もね。一昨年も、その前の年も」峰岸は知理子の目を見つめて続けた。「君と別れて以来、誰からもチョコレートを貰っていない。そんな相手は現れなかった」

「まさか。嘘でしょ」

「どうして？　本当のことだよ」峰岸は目をそらさずに答えた。

「ふうん、そうなの」知理子はゆっくりと瞬(まばた)きした。「じゃあ、そういうことにしておきましょう」

「疑ってるのか、そういう君のほうはどうなんだ？　てっきり、いい人を見つけて結婚しているんだろうと思っていたんだけど」

「残念ながら、私にも良い出会いはなかった」知理子は肩をすくめてみせた。「今も一人よ。だからこうしてあなたと会ってる」

「そうなのか。ところで手紙も入っているようだけど」峰岸は紙袋の中を覗いた。

「あなたに対する今の私の気持ちを書いてあるの。この十年間の思いが詰まってる」

「へえ、何だか怖いな」峰岸は封筒に手を伸ばしかけた。

「恥ずかしいから、今はまだ開けないで。読むのは、もっと後にして」

お願い、と彼女は手を合わせた。その口調からは甘える響きが感じ取れた。

わかった、といって峰岸は紙袋から手を出した。なかなかいい夜になりそうだ、と内心ほくそ笑んでいた。

2

峰岸が津田知理子と出会ったのは今から十年あまり前だ。彼女は峰岸が大学時代に所属していたサークルの後輩だった。夏はマリンスポーツ、冬はウインタースポーツを楽しむそのサークルは、人気が高く部員数も多かった。

峰岸が大学を卒業してから何年も経っていたが、年に一度行われるOB会には時々参加していた。OB会とはいえ現役部員のほうが数は多い。峰岸の目的は女子部員だった。好みのタイプが見つかれば、近づいて連絡先を交換するのだ。

無論、うまくいく時もあればそうでない時もある。だがこの年、峰岸には少々自信があった。その前の年にミステリ系の文学新人賞を受賞し、作家としてデビューしていたからだ。有名作家を数多く輩出している賞で、世間からの注目度も高い。当然、OB会でも話題の中心になれるだろうと踏んでいた。

しかし実際には、彼が期待したほどには誰も持ち上げてはくれなかった。受賞が全く知られていないわけではなかったが、それがどれほど大変なことなのかは、あまり理解されてはいないようだった。多少嫉妬もあるに違いない、と彼は分析していた。

そんな中、近づいてきたのが知理子だった。洗練された雰囲気を持つ美人で、プロポーションもよく、じつはそれまでに峰岸も目をつけていた。

彼女は彼の受賞を知っていて、目を輝かせながら賞賛してくれた。聞けば、ミステリ小説が好きなのだという。忽ち、意気投合した。その場で連絡先を交換し、後日会うことを約束したのはいうまでもない。

知理子は以前からそのサークルに入っていたが、一年間ほどアメリカに行っていて、その間は当然活動にも参加していなかったということだった。この前年のOB会には出たようだが、その時は峰岸が欠席していた。

こうして二人の交際は始まった。知理子に恋人がいなかったのは奇跡としかいいようがない。いい寄ってくる男は多かったと思われるが、彼女の眼鏡にかなう相手がいなかったのだろう。

受賞作が世間で話題になり、続けて発表した二作目の売れ行きも好調だったので、峰岸は勤めていた会社を辞め、専業作家となっていた。知理子と会う時間はたっぷりとあった。彼女は大学の帰りなどに彼のマンションにやってきて、料理を作ってくれたりした。食後は大抵ベッドの上で過ごした。そのまま彼女が泊まっていくこともあった。峰岸は彼女に腕枕を貸しながら、新作小説の構想を話したりした。

ところがそんな甘い生活が、突然終焉を迎えた。ある日知理子から、こんなメールが届いたのだ。

『いろいろと考えることがあり、お別れしようと決心しました。今までありがとうございました。これからも素晴らしい作品を書き続けられることを祈っています。さようなら』

まさに狐につままれたような気分だった。一体何があったのか。

到底納得できずに電話をかけたが、着信拒否だった。メールをしても返信はない。数日後には携帯電話は解約されていた。

知理子は女性専用マンションで独り暮らしをしていた。その前で待ち伏せすることや、大学に行ってみることも考えた。しかし結局、実行には移さなかった。彼女のことは諦めきれなかったが、プライドが歯止めをかけたのだ。ストーカーまがいのことをしていると世間に知られでもしたら、本が売れなくなるとも思った。

その後、知理子がどこで何をしているのか、峰岸は何ひとつ知らなかった。彼自身は着実に新作を発表し、作家としての地位を築いていった。交際した女性も何人かはいる。結婚には興味がなかったので、最終的にはどの相手も向こうから離れていった。いつも峰岸の側に未練はなかった。唯一、いつまでも気に掛かっているのが知理子だった。交際していた女性と別れるたび、知理子のことを思い出した。今頃どうしているのだろうと考えたりした。

ある出版社からファンレターが転送されてきたのは先週のことだ。担当編集者のメモが添えられていて、『峰岸さんの昔のお知り合いのようです』とあった。作家宛のファンレターなどが出版社に届いた場合、通常、担当編集者が中身をチェックする。

クリーム色の封筒に記された差出人の名を見て、峰岸の胸は大きく弾んだ。津田知理子とあったからだ。

わくわくしながら便箋を広げてみると、奇麗な文字で次のようにしたためられていた。

『お久しぶりです。私のことを覚えておられるでしょうか。約十年前にお世話になった津田知理子です。大学のサークルで峰岸さんは八年ほど先輩です。

その節は大変失礼いたしました。今も怒っておられるのではないかと心配です。

峰岸さんの御活躍は、よく存じております。本当にすごいですね。後輩として誇らしく思います。

このたびこうしてお手紙を書かせていただいたのは、ほかでもありません、一度ゆっくりとお話をしたいと思ったからです。あの時のことについて、いろいろと説明したいという気持ちもございます。今さら会いたくないということなら諦めますが、もしそうでないのなら、何とかお時間をいただけないでしょうか。お忙しいとは思いますが、御連絡お待ちしております。』

手紙の末尾には電話番号とメールアドレスが記されていた。

文面を何度か読み返した。そのたびに峰岸の心は浮き立っていった。どうやら知理子は彼との再会を望んでいるようだ。その理由については何となく見当が付いた。彼が作家として成功しているのを見て、あの時に別れたことを後悔しているのではないか。

　早速メールを書くことにした。電話にしなかったのは、話をするのは直に会ってからのほうがいいと考えたからだ。十年前に一方的にふられたことを考えると、少しはもったいをつけたくなる。

　手紙は読んだ、こちらのスケジュールに合わせてくれるのなら会ってもいい、という意味のことを素っ気ない文章にして送った。するとまるで待ちわびていたかのように即座に返事が来た。いつどこへでも出向くので是非会ってほしい、と書いてあった。そこで都合のいい日時をいくつか記し、都内ならどこでもいいから場所はそちらで決めてくれ、というメールを送った。

　間もなく届いた知理子からのメールには、二月十四日という日付、そして都心にあるフレンチレストラン名が記されていたのだった。

　狙い通りだった。都合のいい日の中にバレンタインデーを入れたのはわざとだ。知理子のほうによりを戻したい気があるなら、きっとこの日を選ぶだろうと思ったのだ。

3

「——というわけで、あの作品にもすごく感心させられちゃった。本当に、よくあんな面白い話を思いつくわね」フォークとナイフを動かしながら知理子はいった。

「そういってもらえると嬉しいな。あの作品は自分としても自信作の部類に入るからね。それにしても、僕の作品についてよく知っているな。本当に全部読んでるのかい？」

「だから最初にそういったでしょ。嘘だと思ってたの？」

「一冊二冊は読んでるかもしれないと思ったけど、まさか全部とはね」峰岸は軽く頭を下げた。「ありがとう」

「お礼をいわなきゃいけないのはこっち。いつも楽しませてもらってるから」

「じゃあ、これからもがんばらなきゃな」

魚料理は手長エビのポワレとホタテ貝のムースだった。峰岸は白ワインを飲みつつ、それらを口に運んでいった。前菜もそうだったが、この料理も絶品だ。

「この店にはよく来るの？」

知理子は小さく首を傾げた。「よくってほどでは。ごくたまに、かな」

「良い店を知ってるんだね。今度、僕も使わせてもらおう」

「気に入ってもらえたのならよかった」

「でも決して安くはないだろ。君は今、何をしてるんだ？　僕の小説の話ばかりで、君のことを何も聞いてなかったけど」

「単なる会社勤めよ。人材派遣が主な業務。人使いの荒い上司と生意気な部下に挟まれて、毎日ひいひいいいながら動き回ってる」

「へえ、何だか君のイメージじゃないな。もっとスマートな職に就いているのかと思った。秘書とかホテルウーマンとか」

「十年前のイメージで今を想像しないで」知理子は鼻の上に皺を寄せた。「それより、気になってることがあるんだけど」

「何？」

「『深海の扉』、あれ、どうなってるの？」

ああ、と思わず顔をしかめていた。「嫌なことを思い出させてくれるなあ」

「嫌なことなの？　だって先が気になって仕方がないんだもの」

「あんなものまで読んでるのか。月刊誌の連載だぜ」

「だから全部読んでるといってるじゃない。ねえ、どうして連載が途中で止まっちゃってるの？　もしかしたら体調でも崩したのかと思ったんだけど、そんなことはなさそうだし、何か事情があるの？」

「別に大した事情はないよ。このへんで一旦休載にして、後半のストーリーを練り直そうと思っただけだ」

「そうなの？　でも今まで、そんなことは一度もなかったでしょう？」

「あの作品はちょっと特別で、書きながら次の展開を考えているんだ。だからまあ、行き詰まることだってあるよ。僕も人間だからね」

「やっぱり大変な仕事なのね」知理子はため息をつき、ワイングラスに手を伸ばした。

彼女が話題に出した連載小説は、昨年の春にスタートさせていた。だが順調に書き進められたのは秋までだった。何とかして書き続けようとしたが、どうしても先のストーリーが思いつかず、とうとう休載という形を取ることになったのだ。あの作品のことは考えるのも嫌で、パーティ会場などでは担当者と顔を合わせないようにしている。表向きは休載だが、じつのところはこのままお蔵入りにするつもりだった。

それにしても知理子は、いつまでこんな話を続ける気なのか。あるいはこんなふうに峰岸の作品について話していれば満足なのか。だとすれば時間の無駄だ、と峰岸は思った。せめて、十年前に彼女が突然去った理由ぐらいは聞き出さねばならない。

ソムリエがやってきて、軽く講釈を述べた後、新しいグラスに赤ワインを注いだ。その後、肉料理が運ばれてきた。仔羊のパイ包み焼きだった。

知理子が、ふっと唇を緩めた。

「私はラッキーね。こんなふうに作者と食事をしながら小説の話ができる読者なんて、きっとなかなかいないわね」

「そうかな。そんなことより、そろそろ僕は君の用件を――」

「彼女にも」峰岸の言葉を無視し、彼女はいった。「こんなことを味わわせてあげたかった。彼女もとても小説が、特にミステリが好きだったから」峰岸を見つめてきた。

「彼女？」

「フジムラエミさん。同じサークルにいたフジムラさん。峰岸さんも会ったことがあると思うんだけど」やけに抑揚のない口調で知理子はいった。

フジムラエミ――その名前が峰岸の頭の中で「藤村絵美」と変換された。同時に、一人の女性の顔が鮮やかに浮かんだ。全身がかっと熱くなり、心臓が高鳴りを始めた。

「ええと……」峰岸はグラスを引き寄せた。だが手が震えそうだったので、持ち上げるのはやめた。「僕には覚えがない。どういう人かな」

「私と同い年。サークルには一年の時から入ってた。仲が良くて、よく一緒に遊んだ。

三年生になる前、私が一年休学してアメリカに行くって決めた時には、寂しがって泣いてくれた。ショートヘアで長身。胸はたぶんEカップ以上。本当に覚えてない？」

「いやあ、ちょっと記憶にない。OB会では会わなかったと思うけどなあ」峰岸は首を捻ってみせた。そうしながら、なぜ知理子はこんな話題を出してきたのだろうと思った。

「たしかに私たちが知り合った年のOB会にはいなかった。あの前年のOB会にも。なぜなら、その時彼女はもう、この世の人ではなかったから」宣告するように告げた後、知理子は手にしたナイフで仔羊の肉をざっくりと切った。「部屋で首を吊ったの。ブティックハンガーをいっぱいに伸ばして、そこにロープをかけて……。私がアメリカから帰国する数か月前のことだった」

峰岸は息を呑んだ。たまたまではない、と確信した。明らかに知理子は何らかの目的の下、この話を始めたのだ。となれば今夜の会食自体、そのために設けられたものだと考えるべきだ。

では、その目的とは何なのか。

「どうしたの？　食べないの？　おいしいわよ。温かいうちに食べたら？」知理子が訊いてきた。彼女自身は次々と肉を口に放り込んでいる。

峰岸はフォークとナイフを持った。

「食べようと思ったら君がそんな話を始めたもんだから、食欲が失せちゃったんだ。人が死んだ話なんて」

「この程度の話で？　峰岸さん、もっとハードな話を書いてるじゃない。案外、神経質なのね」

「あれはフィクションだから」峰岸は仔羊のパイ包み焼きをナイフで切り、口に入れた。何も考えずに食べていたら旨さに感激していたのかもしれないが、今は何の味もしなかった。機械的に噛み、胃袋に押し込むのがやっとだ。

「絵美が最後にOB会に出たのは、彼女が三年生の時。私はアメリカにいた。その時のOB会には峰岸さん、出席したよね。サークルの記録に残ってた」

「そうだったかな。じゃあ、挨拶ぐらいはしたのかもしれない」

知理子は満足そうに頷いた後、真顔になった。「絵美が亡くなったのは、それから八か月後のことだった」

峰岸は口の中の肉を赤ワインで流し込んだ。

「自殺するぐらいなんだから、よほど大きな悩みがあったんだろうね」

すると知理子は背筋をぴんと伸ばした。「私、自殺だなんていった？」

「でも部屋で首を吊ったんだろ？」

「たしかに警察は自殺だと判断した。司法解剖も行われなかった。でも峰岸さんなら、首吊りに見せかけた殺人事件が過去にいくつもあったことぐらいは知ってるでしょ?」

「……他殺だと思う根拠は?」

知理子は峰岸の顔を覗き込んできた。「絵美には自殺する動機がなかった」

峰岸は口元を緩めた。「それは本人にしかわからない」

「当時絵美には恋人がいた。名前とかは教えてもらってないけど、とても幸せそうなメールを何度かもらった。彼とはとても話が合うんだと書いてあった。御遺族によれば、その恋人は彼女の葬式にすら姿を見せてないってことだった。これはおかしいと思わない?」

「その恋人にふられたんじゃないか。そのショックで自殺したと考えれば、何もかも筋が通る」

「絵美はそんなに弱い子じゃなかった」

「だから、そんなことは他人にはわからないといってるじゃないか」苛立ちのあまり、つい声を尖らせた。峰岸は空咳をし、失礼、と小声で続けた。

知理子は少し目を伏せ、頷いた。

「そうね。私は当時アメリカにいたから、その頃の絵美のことを殆ど何も知らなかったのは事実。だから帰国後は、何とかして情報を集めようとした。御遺族にお願いして彼女の遺品をすべて見せてもらったし、彼女を知る人たちに会って、いろいろと話を聞いた」

「その結果は？」

知理子はゆらゆらと首を振った。「だめだった。何もわからなかった。自殺の動機はやっぱり見当たらなかったけど、他殺を証明するものも見つけられなかった。部屋には争った様子はなく、盗まれたものもなかった」

「ないないづくしってわけだ。それは残念だったね」峰岸は料理を口に入れた。少し味わう余裕が生じていた。

「そんなふうにして一年以上が経ち、次第に私の中でも事件が風化していった。だからサークルのＯＢ会とかでは心底楽しんでた。作家デビューした憧れの先輩と出会って、有頂天になったりしてね」そういって知理子は意味ありげな視線を送ってきた。

「ようやくストーリーに僕が登場するようだな」

「程なく、その先輩との交際が始まった。とても楽しい毎日だった。彼は優しくて、物知りだった。ベッドの中で小説の構想を話してくれることもあった。そんなある時、いつものように新作のあらすじを聞いていて、とても不思議な感じがした。彼の話すストーリーを、いつかどこかで読んだような気がしたの。そんなはずはない、錯覚に違いないと思ったから、その時は黙っていた。でも後日、不意に思い出したの。私はやはり、その小説を読んでいた。ただしふつうの本じゃない。プリントアウトされたものだった。あるアマチュア作家が書いた小説だった。その作家というのは絵美。そう、彼女もまた小説を書いていた。作家志望だったのよ」

4

ソムリエが音もなく近づいてきて、峰岸のグラスに赤ワインを注ぎ足してから去っていった。だがそのグラスに手を出す気にはなれなかった。

「私はとても大事なことを忘れてた。絵美が小説を書いていたってこと。高校生の時から書いているといってた。長編も短編も書いたし、これから書きたい小説のアイデアもいっぱいあるってことだった。でも恥ずかしいからそのことはこれまで誰にも話さなかったし、作品を誰かに読んでもらったこともないといってた。私は、一度読ませてほしいと頼んだ。彼女は渋ってたけど、じゃあ一作だけといって、短編小説を読ませてくれた。読んでみて驚いた。とても面白い話だったから。満月の夜になると嘘をつきたくなる女子高生の物語だった。その嘘がどんどん大きくなって、ついには大変な事態を引き起こすというストーリー」そこまで一気にしゃべった後、知理子は峰岸に顔を向けた。「あの夜、あなたが話してくれたあらすじと全く同じ」

峰岸は唾を呑み込もうとしたが、口の中はすっかり乾ききっていた。

「別々の人間が、たまたま同じような話を思いつくというのは、よくあることだ」

「シチュエーションやラストの落ちまで同じなのよ。それがただの偶然？」

「絶対にあり得ない、とはいえない」

知理子はかぶりを振った。

「その二人の作者に全く繋がりがなければ、その意見に同意していたかもしれない。でも二人には接点があった。ＯＢ会で会っていた可能性がある。それはさっきあなたも認めた。そうなると偶然では片付けられない」

峰岸は彼女を睨みつけた。「何がいいたいんだ」

「絵美の部屋から盗まれたものは何もないといったけど、じつは大きなものが消えていた。彼女が高校時代から書きためていたはずの小説とアイデアを綴ったメモ。それがどこからも見つかっていない。プリントアウトしたものはないし、執筆に使っていたパソコンにも残っていない。そのことが判明した時、私は恐ろしい可能性に思い当たった」

知理子は大きく息を吸い、吐きだした。胸がゆっくりと上下した。「それらは犯人が奪い去ったんだってね。絵美が殺された理由はそれ。犯人は彼女の小説やアイデアメモが欲しかったのよ」

「その犯人が俺だというのか」

この問いには答えず、知理子はフォークとナイフを揃えて皿の上に置いた。いつの間にか、料理はすべて平らげている。峰岸のそれは三分の一以上が残っていたが、すでに食事を続ける気はなくしていた。彼もフォークとナイフを置いた。

「絵美が殺されたのは、あなたの新人賞受賞が決まる三週間前だった。その時点であなたには、自分の応募作が最終候補に残っていることはわかっていたはず。問題は、その応募作がどういうものだったのか、ということ。私は、それもまた絵美の作品だったんじゃないかと推理した。もちろん、彼女には内緒。そう考えれば、動機はさらにはっきりとしてくる。軽い気持ちで応募したところ、思いがけず最終候補にまで残り、あなたは焦った。受賞すれば嬉しいけれど、いずれ絵美にはばれてしまう。彼女が黙認してくれるとは思えない。とはいえ、今さら本当のことを公表する勇気もなかった。あなたとしては、絵美に死んでもらうしかなかったのよ」

ウェイターが近づいてきて、メインディッシュの皿を下げていった。

「どうやら」峰岸はいった。「今夜ここへ来たのは間違いだったようだ。まさかこんなくだらない話を聞かされるとはね。料理の途中だが、これで失礼させてもらう」

「あとはデザートだけよ。もう少し座っていれば？　それに、私がこの話をほかの誰にもしないと思うの？　言い分があるのなら、今ここでいっておいたほうがいいんじゃない？」

この言葉に、峰岸は浮かしかけていた腰を椅子に戻した。たしかにその通りだった。

「証拠はあるのか。俺が彼女を殺したという証拠は」峰岸は声を落として訊いた。

知理子が眉を上げた。

「彼女？　その女性、とかではなく彼女。絵美のことは覚えてないといったのに」

峰岸は顔を歪め、唇を嚙んだ。何かいい返したいが言葉が出ない。

まあいい、と知理子はいった。

「その時点では証拠は何もなかった。でもただ一つだけ望みがあった。パソコンよ。絵美が使っていたもの。小説のデータはすべて消されていたけど、ハードディスクから復元することは可能かもしれないと思った」

「復元……させたのか」

「いろいろと手続きがあって、時間がかかってしまったけどね。完全に復元を果たせたのは五年ほど前。でもおかげで証拠としての質が高くなった」

「質？」

峰岸が眉をひそめた時、デザートが運ばれてきた。チョコレートとダークチェリーのアンサンブルだという。チョコレートはハート型に作られていた。

「ハードディスクから復元できたのは、六つの長編小説と九つの短編、そしてたくさんのアイデアメモ。短編の一つはあなたが寝物語に聞かせてくれたものだし、長編の一つはあなたの新人賞受賞作とほぼ全文が一致していた。さらに細かく調べてみると、これまでにあなたが発表した作品の殆どが、絵美の作品やアイデアを下敷きにしたものだった。短編を水増しして長編に書き直したものもいくつかあるわね。出来はあまりよくないけど」

峰岸はテーブルの上に視線を落とした。だがデザートに手をつける気にはなれなかった。

すべて知理子のいう通りだった。

藤村絵美と出会ったのは、知理子と同様、サークルのOB会でだった。好みのタイプだったので、峰岸のほうから近づいた。絵美も彼のことが気に入ったらしく、すぐに交際が始まった。

付き合って間もなく、彼女が小説家志望であることを知り、驚いた。なぜなら彼もそうだったからだ。しかしもっと驚いたのは、彼女が習作と称した作品を読んだ時だ。

　これが二十歳そこそこの娘が書いた小説か、と愕然とした。文章は達者で、登場人物は生き生きとしている。何よりもストーリーが奇抜で、ミステリとしての魅力に溢れていた。それでいて破綻が殆どないのだ。彼がそれまでに書いた作品とは雲泥の差があった。

　ある時、絵美がシャワーを浴びている間に、峰岸はパソコンに入れられていた彼女の「習作ファイル」をすべてUSBメモリーにコピーした。深い考えはなかった。小説作りの参考にしようと思ったのだ。

　だが自分の部屋でそれらの作品を読んでいるうちに、ある誘惑に駆られるようになった。この中の一つを新人賞に応募してみたい、というものだ。峰岸自身は何度か応募しているが、今までは良くて一次通過だ。

　その思いは日に日に高まり、ついに絵美の作品の一つを応募してしまった。受賞することなど考えもしなかった。二次通過あたりまで進んだなら、その結果を人に見せて自慢できると思ったのだ。

　ところが予想を超え、応募作は最終候補にまで残った。連絡してきた編集者は、個人的意見と断ったうえで、「最有力だと思います」といった。

焦った。今さら自分が書いたものではないとはいいだせなかった。

睡眠薬で眠らせた絵美の首をロープに通した時、罪悪感は殆どなかった。峰岸の心を支配していたのは、この女が死ねば、あの習作ファイルはすべて自分のものになるという思いだけだった。振り返れば、USBメモリーにファイルをコピーした時から、その邪悪な考えは芽生え始めていたのかもしれない。

絵美のパソコンに入っていたデータはすべて消した。自殺として処理されれば復元されることはないだろうと思っていた。

峰岸は知理子を見据えた。何とかして、この女を黙らせねばならない。

「残念ながら、それは証拠にはならないな」

「どうして？」

「客観性がないからだ。俺の作品に似たテキストデータがパソコンに入っているからといって、俺がそれを盗んだという証拠にはならない。逆に誰かが俺の小説を読み、そのパソコンにデータを入れた可能性だってあるだろ」

すると知理子は余裕たっぷりに目を細めた。

「あなたが二年前に発表した小説の下敷きになったと思われる短編小説も、そのパソコンには入ってたの。今もいったようにデータを復元したのは五年前なのよ」

「五年前、と君がいっているだけだ」

「私だけじゃない」

「ほかにも証人がいるというのか。復元に協力した人間か。君たちが口裏を合わせてないと、どうしていいきれるんだ」

「鑑識は」知理子は一語一語嚙みしめるようにいった。「口裏を合わせたりしない」

「鑑識？」

　彼女は傍らに置いたバッグから書類の束を取り出して、テーブルに置いた。

「全部コピーしたらすごい量になっちゃうから、一部だけ持ってきた。鑑識課からの報告書よ。日付を見てちょうだい。五年前になってるでしょ？」

　峰岸は書類を手に取った。表紙に警視庁鑑識課という文字が入っている。責任者たちの印もある。

「何だ、これは……」

「だから報告書。藤村絵美さんのパソコンのデータを復元した結果が記されている」

「嘘だ」

「どうして？」

「こんなものを一般人が持っているわけがない。偽物だ」峰岸は書類をテーブルに放り出した。

知理子はため息をついた。「さっきの箱、開けてみてくれる?」

「箱?」

「チョコレートの箱」

「どうして?」

「いいから、開けてみて」

訝りながら峰岸は紙袋から四角い紙包みを取り出した。包装紙を開き、ほぼ正方形の平たい箱の蓋を取った。中を見た瞬間、ぎくりとして手元を狂わせた。箱が床に落ち、入っていたものが外に出た。

それは銀色に光る手錠だった。峰岸は呆然として、知理子に目を移した。彼女は何かを手にしていた。それが警視庁のバッジだと気づくまでに、ほんの少し時間を要した。

「改めて自己紹介します。警視庁捜査一課の津田知理子です」

5

知理子は床に落ちた手錠を拾い上げた。「ごめんなさい。これはちょっと悪趣味だったわね」

峰岸は声を失っていた。頭の中が混乱し、考えがまとまらない。

そういうわけで、といって彼女はテーブルの資料を取り上げた。「これは本物。正式な手続きのもとで作成されたの。裁判資料として、何の問題もない」

彼女が資料をバッグにしまうのを、峰岸はぼんやりと眺めた。

「まさか君が警察官になってるなんて……」ようやく声が出た。「さっきは会社勤めだって……人材派遣の」

「警察官は自分たちの職場を『会社』と呼ぶこともあるの。それに人材を派遣してるのは事実。聞き込みとか、張り込みにね」

峰岸はネクタイを緩めた。息苦しくなってきた。

警察官は、と知理子はいった。

「子供の頃からなりたかった職業の一つなの。でも決め手はやっぱり絵美の事件。何としてでも自分の手で解決したいと思った。彼女のパソコンの復元に何年もかかったのは、事件の再捜査をするに当たって、上司への根回しが必要だったからよ。警察学校をトップで出たとはいえ、警視庁に入りたての小娘のいうことにはなかなか耳を傾けてもらえなくて苦労しちゃった」

さらに知理子は、「最初に渡した手紙、あれも出してくれる?」といった。

峰岸が無言で紙袋から封筒を取り出すと、彼女はさっと奪い、中から折り畳まれた書類を引っ張り出した。そしてそれを広げて彼のほうに示した。逮捕状、とあった。

「あなたを藤村絵美さん殺害の容疑で逮捕します」淡々とした口調でいった。

「待ってくれ。俺は犯人じゃない。絵美を殺してない」

「弁明は取調室で」

「聞いてくれ。たしかに盗んだ。絵美の作品を盗んだ。それは認めよう。でも出来心だった。冗談半分で応募したら受賞してしまって、もう引っ込みがつかなくなったんだ。だけどそれだけだ。殺してはいない」

「彼女のパソコンのデータを消したのはいつ?」

「それは……事件の前だ」

「絵美が亡くなる前? パソコンからデータが消えていたら、彼女は大騒ぎしたはずよ」

「それはたぶん彼女が気づいてなかったからだ。とにかく俺は殺してない。殺したっていう証拠はないはずだ。そうだろ?」

知理子は腕組みをし、彼の目を見つめてきた。

「あなたに訊きたいことがある。あなたは自分の力だけで小説を書けるの？」

「もちろん、書けるさ」なぜこんなことを訊いてくるのかはわからなかったが、峰岸は答えた。「実際、これまでにだっていくつかは書いている」

「それはわかってる。あなたの作品は全部チェックしたから。でも残念ながら、絵美の作品を下敷きにしたもの以外はすべて失敗作。彼女の作品の足下にも及ばない。そのことはあなた自身も気づいてたんじゃない？」

峰岸は返す言葉に窮した。彼女のいう通りだった。何とかして自力で書こうとしたが、いつもうまくいかなかった。最近ではすっかり自信をなくしていたのだ。

「ねえ、どうして今まで会いに来なかったと思う？」知理子が訊いた。「データを復元したのは五年前。だけど私は今日まで我慢した。なぜだと思う？」

さっぱりわからなかったので峰岸は黙って首を横に振った。

「待ってたのよ。あなたが絵美のアイデアをすっかり使い尽くす日を。その時あなたは、きっとあの作品にも手を出すだろうと思った。あの禁断の作品にも」

「禁断？」

「殺された当時も、絵美は長編小説を執筆中だった。でもあなたはその作品を使うわけにはいかなかった。なぜなら、それはまだ未完成だったから。あなたにはその小説の結末がわからなかった。絵美がどんなふうに物語を決着させるつもりだったのかを知らなかった。だからこれまでずっと使わずにきた。ところが去年の春に連載の仕事が入り、どうしても何か書き始めなきゃいけなくなった時、ついにあなたはその禁じ手を使った。連載を始めた当時は、自分で何とかできると思ったのかもしれないわね。ところがその考えは甘かった。絵美が書いていた分はどんどん残り少なくなるというのに、あなたには続きのストーリーが思いつかなかった。やむなく最後の切り札を出した。休載という切り札をね」知理子の目が、きらりと光ったように見えた。「もちろん、『深海の扉』の話をしているの。あなたが行き詰まってしまった連載小説の話を」

峰岸は太い息を吐いた。すべて図星だった。

「そのことが事件とどう関係してるというんだ」

「関係は大ありよ。休載直前にあなたが書いたのは、まさに絵美の小説が中断したところまでだった。彼女がこの世で最後に書いた内容を、あなたは知っていたことになる」

「それが――」どうした、といいかけて峰岸は気づいた。顔から血の気が引いていくのがわかった。

「ようやく私のいいたいことがわかったみたいね」知理子は口元に笑みを滲ませた。

「パソコンのデータが復元されただけでなく、それぞれのファイルがいつ作成されたのかも鑑識によって明らかになっている。絵美があの未完成小説を最後に執筆したのは、彼女が殺された日。たぶん愛する彼が部屋に来るまでの間、パソコンに向かっていたのでしょうね。その最後のテキストデータの内容を知っていたということは、あの日あなたは彼女の部屋にいたことを意味する」

「部屋にいたからって……」

「絵美には指一本触れていないといい張る気？　彼女が首を吊るのを黙って眺めていたとでも？　あるいはあなたが部屋に行った時、もう首を吊った後だったとか？　でも彼女の身体はそのままにして部屋を後にしたって？　その供述を裁判官が信じてくれることを祈っていればいいわ」

たまらず峰岸は立ち上がった。出口に向かおうと踵を返したが、そのまま固まった。何人もの男たちが彼を取り囲んでいたからだ。彼等の殆どは、つい先程までは客として周りの席についていた者たちだった。そしてその中にはソムリエの姿もあった。全員が鋭い目を峰岸に向けている。

「この店は父がオーナーをしているの」背後から知理子の声がいった。「バレンタインデーは稼ぎ時だけど、事情を話したら渋々貸し切りをオーケーしてくれたってわけ」

峰岸は振り返った。「なぜこんな大げさなことを……」

「なぜ？ そんなの当然じゃない。十年分の思いを込めて祝杯を上げたかったからよ。でもあなたにとってもよかったでしょ？ これでもう、小説のネタ切れについて悩む必要もなくなった。もう小説家のふりをしなくていいのよ。肩の荷が下りたんじゃない？」

彼女の言葉に、峰岸はいい返せなかった。犯行が発覚したことに絶望しつつ、心の片隅にそういう気持ちがあるのは事実だった。

「連れていきなさい」知理子の声が冷徹に響いた。

屈強な男二人が峰岸の両脇から近づいてきて、彼の腕を摑んだ。たったそれだけで身動きが取れなくなった。

「主任は？」ソムリエの格好をした男が訊いた。

「私は後から行きます。まだデザートが残っているので」そういって知理子はチョコレートを口に運んだ。

今夜は一人で雛祭り

1

三郎（さぶろう）が自宅に着いたのは、間もなく午後十一時になろうかという頃だった。独り暮らしだけに一軒家の窓には明かりが点っておらず、家全体が真っ暗だ。無論それはいつものことなのだが、今夜にかぎっては、やけにもの悲しく感じられた。錆（さび）の浮いた門扉を押し開くと、金属のこすれる音が響く。それすらも侘（わび）しく聞こえた。

帰宅して最初にすることは、洗面所での手洗いとうがいだ。娘が幼い頃、彼女への手本として夫婦で始めたことだが、そのまますっかり習慣になった。その効果があったのかどうかはよくわからないが、とりあえずインフルエンザにかかった覚えはない。

ネクタイを外して上着を脱ぎ、居間のソファに腰を下ろした。疲れがどっと溢れ出る感覚がある。喉が渇いたが、キッチンへ飲み物を取りに行くのも億劫だった。

ため息をつき、すぐ横にあるリビングボードの上に目をやった。写真立ての中には、加奈子（かなこ）の笑顔があった。葬儀の時、遺影として使った写真だ。

なあ、どう思う？——三郎は天国の妻に問いかけた。

もちろん写真の加奈子は答えない。だが彼女独特のおっとりとした関西弁で、「ええんやないの、真穂が納得しているのなら」という声が聞こえてくるような気がした。おまえは我慢強かったからな。だからあんなお袋とも何とかやっていけたんだろう。だけどあいつには我慢させたくないんだよ――。

三郎は今夜の出来事を改めて振り返ってみた。そんなことをしたところで憂鬱になるだけかもしれなかったが、何か少しでも好材料を見つけたかったのだ。

数時間前、彼は娘の真穂と共に都内の高級料亭に向かっていた。そこである人々と会うことになっていたからだ。その相手とは、ほかでもない。真穂の婚約者である木田修介の両親だった。

正直いって気が重かった。技術系の会社員である三郎は、初対面の人と会食する機会などあまりなく、そういう場は得意ではなかった。しかも相手は娘の義父母になる予定の人物だ。当然、緊張を強いられることになる。行きたくないな、何とか先延ばしにできないかなと思いつつ、今日という日が来てしまったのだった。

そもそも真穂の結婚自体、三郎にとっては想定外だった。もちろんいずれは嫁いでいってもらわねば困るわけだが、それはもっと先のことだろうと漠然と予想していた。だから初めて修介を紹介された時も、どうせ一年か二年で別れるに違いないと踏んでいた。

これまでがそうだったからだ。

ところがそうはならなかった。今年の正月にやってきた修介は、結婚することにしました、と唐突にきりだしたのだ。三郎は飲みかけていたビールを吹き出した。

二人によれば、クリスマスの夜に修介がプロポーズし、その場で真穂は受け入れたのだという。三郎にとっては、まさに寝耳に水の話だった。

これといって反対する理由が思いつかず、口から出たのは、「ああそうか。それはよかったな」という間の抜けた台詞（せりふ）だった。狼狽を顔に出したら格好悪い、ということしか頭になかった。だが後になってから、あれこれと考えた。考えれば考えるほど、いろいろと不満が出てくるのだった。

何なんだ、あいつは。結婚することにしました、とは何だ。ふつうああいう場合には、結婚させてください、と頭を下げるものではないのか。あれではお願いではない。単なる報告だ。馬鹿にしてるのか。真穂も真穂だ。たしかまだ二十代のはずだ。三十路（みそじ）まで、そう何年もないかもしれないが、二十代は二十代だ。昨今は晩婚化が進み、二十代で結婚する女性は減っているというではないか。ニュースでもネットでも、そんなことがいわれている。それなのになぜそんなにあわてて結婚したがるのか。三年前に加奈子がクモ膜下出血で亡くなった時には、もしお父さんに何かあったら私が面倒みるから心配しないでね、とか遺影に向かっていってたじゃないか。あれは嘘だったのか——。

いいたいことは山のようにあった。しかし、三郎が口にすることはなかった。結局のところ、一人娘を手放したくないだけだ、と自分で気づいていたからだ。

結婚話は順調に進んでいるようだった。それらの経緯を三郎は最近になって初めて聞かされた。真穂は大学卒業後は出版社に就職したのだが、勤務時間が極めて不規則なため、入社と同時に独り暮らしを始めていた。たまに電話をかけてくるが、直に会うことはめったにない。

木田修介に関しても、まだそれほどよくは知らなかった。実家は東北で、彼自身は研修医として東京の病院で働いている——その程度だ。家のこととか、どこの大学出身かなど、聞いたような気もするが記憶になかった。真穂が結婚する、というだけで動転していたのかもしれない。

だから今夜料亭に向かう道すがら、木田家のことを真穂から聞いた時には驚いた。県内でも指折りの総合病院を経営しており、父親が院長を務めているというのだ。

「えっ、そんなにすごい家なのか」思わず足を止めていた。

「いわなかった？　話したと思うんだけど」

「お父さんも医者だっていうのは聞いたような気がするが……」

するとと真穂は、ちょっと待ってといってスマートフォンをいじり始めた。そして、これ、といって画面を向けてきた。

そこに表示されているのは病院の公式サイトだった。建物の外観を見て、仰天した。ただの病院ではない。大病院だ。しかも関連施設というものを見て目を剝いた。老人ホームや保育園なども経営しているらしい。

「おい、何だよこれ。とんでもない資産家じゃないか」

「うん、何か、そうみたい。彼と同郷の人が会社にいるんだけど、木田っていったら知ってた。地元では有名な名家だって」真穂は母譲りのおっとりした口調でいう。

「おいおい、他人事みたいにいってる場合じゃないぞ。そんなすごい家だとは思わなかった。参ったなあ。うちみたいな貧乏人じゃ、まるで釣り合わないじゃないか」

「うち、貧乏？　ふつうだと思うけど」

「その家から見ればばっていう話だ。参ったなあ」

ますます気後れしたが今さら逃げ出すわけにもいかず、約束の店に向かったのだった。

そしてその料亭の前で三郎は立ち尽くした。今までに足を踏み入れたことのないような超高級店だったからだ。まるで時代劇に出てきそうな重厚な雰囲気を漂わせている。よりによって、何でまたこんな店なのか。

「木田家の人たちが上京した時、この店をよく使うそうよ」真穂がいった。「先代と彼のお祖父さんが親しかったんだって」

三郎はため息をついた。顔を合わせる前から圧倒されている。

その料亭で修介と共に待っていたのは、小柄ながらも落ち着いた貫禄を感じさせる男性と、純和風の顔立ちをした女性だった。正座で挨拶を交わした後、三郎たちも席についた。

最初のほうの会話は、あまりよく覚えていない。仕事や健康のことなどを訊かれ、適当に答えたような気がする。後で真穂が何もいわなかったから、おかしな受け答えはしなかったのだろう。

木田夫妻の身なりについてはよく印象に残っている。オーダーメイドだと思われる木田氏のスーツは、身体にぴったりと合っていて、生地は渋い光沢を放っていた。夫人が着ていたブラウスは、おそらくシルクだ。刺身を食べる時に醬油がとんだらどうするんだろう、などと余計なことを心配してしまった。

食事が中盤にさしかかった頃から、三郎も落ち着いて会話を交わせるようになった。それを察知したのか、夫人が二人の結婚についての話題を振ってきた。曰く、結婚後についてはどう考えているのか、というのだった。質問の主旨がよくわからず、「それはまあ、本人たちに任せればいいと思いますが」と答えた。

途端に向こうの両親は相好を崩した。「じゃあ、例の件はお父様も御承知ということでよろしいんですね」夫人が訊いてきた。

「例の件……ですか」

何のことかわからずに三郎が首を傾げていると、あの、と真穂が横からいった。「まだ父には具体的なことは話してないんです」

「あらそうなの。でも今、本人たちに任せるといってくださったわよ。――ねえ」夫人は三郎に笑いかけてきた。

「ええと、どういうことでしょうか」三郎は愛想笑いを返しながら頭を掻いた。

すると夫人は、「あなたたちから御説明したら?」と息子を促した。

はいと答え、修介が三郎に顔を向けた。そして彼がきりだした内容は、三郎の頭の中を一瞬真っ白にした。

間もなく修介の研修期間が終了するので、その後に結婚する。それと同時に地元に戻り、実家が経営する病院で働くというのだ。もちろん、真穂も彼についていく。

「えっ、いや、しかし」三郎は真穂を見た。「おまえ、仕事はどうするんだ」

「それは、だって……」娘は口ごもっている。

「お仕事は無理よねえ」夫人が笑いながらいった。「まさか、通うわけにはいかないし。それに医者は重労働ですから、やっぱり家庭を守ってくれる人が家にいないと」

「それでいいのか」真穂に訊く。

うん、と彼女は頷いた。仕方ない、と諦めているように見えた。

「地元じゃ、みんなが首を長くして待っているんですよ」木田氏がいった。「一刻も早く、修介さんが病院に来てくれないと安心できないといってね。どうやら、私がくたばるのはそう遠い先じゃないと思われているみたいです」わっはっは、と笑った。

その後も会話を続けたが、三郎はまるで気が入らなかった。真穂が結婚するだけでなく、遠いところへ行ってしまうということにショックを受けていた。

2

冷蔵庫から出した缶ビールを飲み、いや違う、と三郎は首を振った。

真穂が遠くに行ってしまうこと自体がショックなのではない。それはそれで残念だが、もし彼女がそう望んだのなら諦められる。いいようのない不安が胸に広がったままなのは、そうではないように思うからだ。

真穂は子供の頃から読書好きだった。天気の良い日でもあまり外では遊ばず、部屋で本を読んでいることが多かった。だから彼女が出版社への就職を希望した時には大いに納得した。素敵な本を作るのが夢だとよくいっていたからだ。

その夢はどうするのか。もういいのか。今の仕事は楽しくて大好きだ、といっていたではないか。そんなに簡単に捨ててもいいのか。

やはり三郎には、娘が好きな男のために無理をしているように思えてならなかった。長男だから病院を継がねばならないのはわかる。だが今すぐ地元に戻らねばならないというわけでもないだろう。何かほかに妥協案はなかったのか、といいたくなる。

木田家が地元の名家だというのも気になっていた。じつは会食後に一人になった時、スマートフォンで木田家について調べてみたのだ。すると、一族に関する情報が出てくるわ、出てくるわ。地元企業の大半に、何らかの形で関与していた。

そんなところに一人で飛び込んでいって大丈夫なのか。親戚の中には口うるさい人間もいるだろう。東京からやってきた長男の嫁に、いろいろと難癖をつけてくるのではないか。

真穂はどちらかというとおとなしいほうだし、自分のいいたいことをいうタイプではない。だから周りに合わせようとするだろう。短期間ならそれでもいいが、ずっと続くとなると精神的に参ってしまうのではないか。あの修介という人物は礼儀正しい好青年だと思うが、果たして真穂を守ってくれるだろうか。

考えれば考えるほど憂鬱になった。三郎は壁のカレンダーに目をやった。間もなく二月が終わろうとしている。結婚式の日取りは未定だが、今年の秋を考えているということだった。

正月は、ついこの前だと思っていたのに、もう三月か——。

この分だと、すぐに秋が来るのだろうと思った。そして真穂は遠いところへ行く。

缶ビールを手にソファに座り直した。殺風景な室内を眺めているうちに、不意に雛人形のことを思い出した。真穂が生まれた翌年、三郎の母が買ってくれたものだ。真穂が中学生になるぐらいまで、毎年飾っていた。

雛祭りが過ぎたら人形をすぐに片付けないと娘の嫁入りも遅れる——母はよくそういっていた。こんなことなら片付けるのをもっと遅らせればよかったかな、とくだらないことを考えた。

あの雛人形、どこにしまったかな——。

捨てたはずはない。加奈子が亡くなった後、彼女の荷物を整理していて、どこかで目にした記憶があった。

缶ビールを置き、立ち上がった。一旦気になったら確認しないとおさまらない性分だ。

寝室の天袋を開けたところ、見覚えのある段ボール箱があった。横にマジックで『おひなさま』と書いてある。珍しいことに、探し物が一発で見つかった。

段ボール箱は二つあった。それらを居間に運び、埃(ほこり)を払ってから蓋(ふた)を開けた。人形や飾りが、丁寧に一つずつ紙に包んで納められていた。かなりの数だ。数えてみると、人形だけで十五体もあった。

眺めているうちに、ちょっと飾ってみようか、という気になった。少しは華やいだ気持ちになるかもしれない。

まず飾り付け用の台を組み立てた。五段だった。敷物の赤色は鮮やかさが保たれていた。

続いて人形や飾りの包みをほどいた。いずれも保存状態は悪くない。

さて――。

人形を置こうとしたところで三郎の手が止まった。飾り方がよくわからないのだ。箱の中を調べたが、手本らしきものは見当たらない。

膝を打ち、腰を上げた。アルバムを見ればいいのだ。雛祭りの写真なら、何枚もある。

寝室からアルバムを何冊か持ってきた。開いてみたが、真穂の写真ばかりだ。夫婦で写っているものは殆どない。

雛祭りの写真もあった。真穂はまだ乳児だ。それでも和装をさせられている。後ろに姿見があるのは、本人に自分の格好を見させるためだろう。物心がつかない頃から、お洒落が好きな子だった。

この際だと思い、毎年の雛祭りの写真を確認してみた。毎年、大体同じ構図だ。真穂の容姿だけが変わっていく。

三郎はため息をついた。こんな頃もあったのだなあ、このまま時間が止まってくれていたらなあ、などと考えた。

頭を振り、作業を再開することにした。アルバムには雛人形を撮影した写真もあった。それらを参考にして、人形や飾りを台に並べていった。そうするうちに、母親のことを思い出した。雛人形を飾るのは、彼女の仕事だったからだ。

三郎の母は気の強い女性だった。父が早くに亡くなったせいで、働きながら子育てをしなければならなかったが、彼女が弱音を吐くのを聞いたことがない。三郎に対しても厳しかった。学校の成績が落ちたら叱られたし、喧嘩して泣いて帰ったら、「男ならやり返してこい」と追い出された。

当然のことながら、加奈子にとっても厳しい姑だった。この家は亡き父が残してくれたもので、だから母には「自分のもの」という意識があった。そこに嫁いできたのだから、すべてを自分のやり方に合わせるのが当然だと考えていた。少しでも気にくわないことがあると強い言葉で叱責した。御飯の炊き方がよくないといって、加奈子にやり直しを命じているのを何度か目撃したことがある。

目に余ったので、あまりうるさいことをいわないでほしい、と頼んでみた。すると母は、加奈子さんに何かいわれたのか、と目を吊り上げた。そうではない、といっても納得しなかった。あんたがそんなふうに甘いから、いつまで経ってもちゃんとした主婦にならないんだと毒づいた。

仕方なく陰で加奈子に謝った。別居したいだろうけど、もう少し我慢してくれと頼んだ。

「ううん、大丈夫やから」いつも加奈子は微笑んで頷いた。あの我慢強い性格には助けられた。彼女でなければ逃げ出していただろう。

そんな厳しい母だったが、孫には優しかった。真穂のいうことは何でもきいてくれた。この雛人形にしても、「初めての雛祭りに、けちくさい人形を飾るわけにはいかないからね」といって五段飾りの立派なものを突然買ってきたのだった。

真穂と一緒に飾り付けをしていた母の姿が頭に浮かんだ。その彼女も、孫の成人式を見ることはできなかった。膵臓癌が見つかった時には手遅れだったのだ。

母がいなくなり、加奈子は気楽になったはずだ。実際、以前よりも楽しそうに見えた。だがそんな日も長くは続かなかった。何の前触れもなく倒れ、そのまま逝ったのだ。クモ膜下出血と聞き、三郎は一層暗い気持ちになった。働き過ぎの人間が、よくそれで倒れると聞くからだ。発症の一因としてストレスが考えられるという。加奈子が長年ストレスを抱えていたことは容易に想像がつく。もしそれが原因なら自分にも責任がある、と三郎は思った。

それだけに真穂のことがやっぱり心配だ、と思考が元に戻った。ただでさえ慣れない土地なのに、名家ということで多くの人から注目され、いろいろなしがらみに縛られながら生きていかねばならない。きっと大きな精神的負担を強いられることだろう。かわいそうだなあ、何とかならんものかなあ——考えても仕方ないことをまた考える。やがて飾り付けはほぼ完了した。だが一つだけ、見当たらない部品がある。写真によれば、所謂「お内裏様」は片手に長細い札のようなものを持っているのだが、それがどこにもないのだ。紛失したのかもしれない。まあいいか——三郎は雛人形を眺めながら缶ビールを手に取った。中のビールはすっかりぬるくなっていた。

3

数日後、三郎は真穂と共に都内の某ホテルにいた。真穂たちが結婚式場の候補に挙げているホテルだった。今日はここで婚礼料理の試食会が行われるので、一緒に来てほしいと頼まれたのだ。元々は修介と二人で来るつもりで予約をしたのだが、彼の仕事が忙しく、どうしても来られなくなったのだという。

フランス料理のミニコースを食べられると聞き、乗り気になった。真穂と二人で食事をするのなんて、何年ぶりだろうと心を浮き立たせた。

だがホテルに来てみて落胆した。木田夫人が真穂と一緒にいたからだ。

夫人によれば、先日の会食後に試食会の話を修介から聞き、自分も参加することにしたのだという。

「日頃お世話になっている人たちに気持ちよく祝っていただくためにも、お料理はとても重要ですからね。若い人たちだけでは、年配の方々の好みがわからなかったり、細かいことに気がつかない場合も多いでしょう？　あまり出しゃばりたくはないんですけど、こういうところだけはしっかりと押さえておきたいと思いまして。お父様も、そうお思いになりません？」

まさに立て板に水の勢いで夫人はいった。三郎は、ええまあ、と曖昧に答えた。同時に、真穂が試食会に父親を呼んだことについて合点がいった。姑になる女性と二人きりの食事では、さすがに気詰まりだと思ったのだろう。

試食会にはホテルの宴会場の一つが使われていた。実際の披露宴をイメージさせるように円卓が並び、参加者が席について食事を摂るというわけだ。見回すと、参加者は五十人ほどいる。当然若いカップルが多いが、彼等の親らしき人々の姿もあった。ついてきているのは自分たちだけではないと知り、三郎は少し安堵した。

やがて料理が運ばれてきた。オードブルからだ。白い皿に上品に盛りつけがなされている。運んできたウェイターが、丁寧な口調で素材や調理法についての説明をした。

「おお、うまそうだなあ」三郎はフォークとナイフを手にした。

「芝エビとおっしゃったけど」木田夫人がウェイターを見上げた。「本物なの？　まさかバナメイエビってことはないでしょうね。産地はどこ？」

「ええと」落ち着き払っていたウェイターが、途端にそわそわした。「すみません。確認して参ります」そういって足早に立ち去った。

夫人は、ふんと鼻を鳴らした。

「最近は食品偽装が多いですからね。高級ホテルだからといって、油断はできません。そう思うでしょ、真穂さん」

はい、と真穂は頷く。そして夫人が料理に手をつけるのを見て、ようやく彼女もフォークとナイフに手を伸ばした。未来の義母より先に食べ始めてはいけないと思い、待っていたようだ。

先程のウェイターが戻ってきた。

「お待たせいたしました。料理長に確認しましたところ、芝エビは佐賀の有明産だそうです。また、間違いなく本物の芝エビを使用しておりますので御安心ください、とのことでございました」

「そうですか、わかりました。産地ぐらいはすぐに答えていただけると思ったんですけどね」夫人は食事を続けながらいう。その顔は、少し怖いほどに冷徹だった。

「申し訳ございません。以後、気をつけます」ウェイターは深々と頭を下げた。

「わかりました。下がって結構です」

失礼します、といってウェイターは離れていった。その後ろ姿を見ながら三郎は、彼はきっと厄介な席の担当になってしまったと嘆いているに違いないと思った。

オードブルを食べ終えると、夫人はバッグから手帳と筆記具を出してきた。

「従業員の出来は今ひとつだけど、料理の味は悪くないみたいね。食器のセンスもまあまあってところかしら」そんなことをいいながら手帳に何やらメモを取り始めた。どうやら彼女なりの評価を記しているらしい。

この後も料理が出てくるたび、夫人は独り言を呟きながらメモを取った。また、しばしば材料や調理方法について質問を投げかけた。例のウェイターは緊張の面持ちで、それらに答えていった。事前に料理に関する知識を頭に叩き込んできているんだろうな、と三郎は想像し、気の毒になった。

夫人の厳しい目は料理や従業員にだけ向けられているのではなかった。周囲にいる参加者の様子も注意深く観察しているようだ。

「テーブルマナーを知らない人が多いわね。どういう教育を受けてるのかしら」眉をひそめていった。

暗に真穂のことも非難しているのだろうか、と三郎は不安になった。娘にテーブルマナーなど教えたこともない。彼自身がよく知らないのだ。

締めくくりにデザートとコーヒーが出てきた。それらを食べ終え、三郎は息をついた。

「いやあ、おいしかった。フランス料理も、たまにはいいものですね」

「まずまずでしたね」夫人も目を細めた。「合格点は出せるかもしれません」

「そうですか。しかしお母さんは料理に関して、じつに博識でおられる。感服いたしました」三郎は頭を下げた。嫌味ではなく、本心からの言葉だった。

「そうでもないんですよ。まだまだ勉強中です」夫人は真穂に視線を移した。「真穂さんも、来月からはしっかりがんばらなきゃね」

はい、と答えた娘と夫人の顔を、三郎は交互に見た。

「ええと、来月からというのは……」

「料理教室よ」真穂が答えた。

「あ、料理……」

結婚したら、夫のために料理を作らねばならない。そんな当然のことが、今まで三郎の頭にはなかった。

「パリに本拠地がある有名な料理学校なんです。日本にも各地に分校があります」夫人がいった。「私も木田家に嫁ぐ前に、そこで学びました」

「ははあ、なるほど」

「そこでしっかり学んで、家族のためにおいしい料理を作れるようにならないと。ねっ」

はい、真穂は答える。その健気さに三郎は涙が出そうになった。

先程のウェイターとの一件は他人事ではないのだ、と思い知らされた。木田家に嫁いでいったら、あの役割を真穂がしなければならない。常に評価され、点数がつけられる。相手は夫人だけではない。木田家の親戚一同の目が新しく嫁いできた娘に注がれる。想像しただけで息苦しくなった。

4

試食会場を出ると、夫人がトイレに行った。三郎と真穂はロビーで待つことにした。

「なあ真穂、おまえ、大丈夫か」

「何が？」

「何がって、本当にやっていけるのか。無理なんかしてないのか」

真穂は、にっこり笑った。「無理してるんじゃないよ」

「しかしあんな知らない土地で、あんなすごい一族に囲まれて……かなり大変そうだぞ」

「うん、そうかもしれない」

「そうかもって」

「でも心配しないでいい。私にはお母さんの血が流れてるから」

「だから我慢強いっていうのか」

「我慢？」真穂は首を傾げた後、くすくす笑った。「お父さん、何もわかってなかったんだね」

「何がだ」

「たぶん、おばあちゃんとのことをいってるんだろうけど、お母さんは我慢なんてしてなかったよ」

「そうかあ？　どうしておまえがそんなことをいえるんだ」

「だって知ってるんだもん、いろいろと」

「いろいろ？」

たとえば、といって真穂は三郎の背後を指差した。「あれ」

三郎は後ろを振り返った。そこには大きな雛人形が飾られていた。

「雛人形がどうかしたのか」

「うちでもよく飾ったよね。覚えてる？」

「ああ、そうだな」数日前に引っ張り出したことは伏せておいた。「それが何だ」

だが真穂は答えず、意味ありげに笑っているだけだ。やがて夫人が戻ってくるのが見えた。三郎は焦った。

「おい、何だ。早く教えろ」小声で催促した。

「あとは秘密。自分で考えて」

「秘密って、おい……」

夫人が、お待たせといって近づいてきた。二人を見てから、「どうかしたの？」と真穂に訊いた。

「いいえ、何でも。おいしかったね、と話していたんです」

「まあ、悪くはなかったわね」夫人は三郎のほうを向き、「今日はお付き合いいただき、ありがとうございました」と頭を下げた。

「いえ、こちらこそ」あわてて応じた。

真穂は夫人を東京駅まで送っていくらしい。タクシー乗り場で二人を見送った後、三郎はロビーに戻り、さっきの雛人形の前に立った。

七段飾りの見事な品だ。人形や飾りの一つ一つが大きい。

お父さん、何もわかってなかったんだね——真穂の言葉が気になった。何をどうわかってなかったというのか。

いくら眺めていても答えが見つかりそうになかった。だが、その場を離れようとした時、ふと気づいたことがあった。改めて雛壇に目をやった。

やはりそうだ。間違いない。

誰かいないかと思い、三郎はきょろきょろと周囲を見回した。すると黒いスーツ姿の女性が、「どうかされましたか」といって足早に近寄ってきた。胸に名札を付けているところをみるとホテルの人間らしい。口元の引き締まった、なかなかの美人だ。

「この花の位置はおかしいんじゃないのかな。左右が逆だと思うんだけど」上から五段目の両端を指しながら尋ねた。左右で違う種類の造花が飾られている。

「桜と橘ですね」女性が確認した。

「そう。桜は左で右は橘じゃないですか。ほら、左近の桜、右近の橘っていいますよね。京都御所の庭にあって、雛飾りはそれを模したものだとか」三郎が母から聞いた話だ。先日、人形を飾っている時に思い出した。母は真穂にも、だから桜は左に、橘は右に置くのよ、と教えていた。

「おっしゃる通りです。だからこれで合っているんです」

「いや、でも、逆じゃないですか。右に桜がある」三郎は桜の造花を指差した。

女性ホテルマンは微笑み、頷いた。

「この場合の左右というのは、向かってではなく、御所から見て、なんです。別の言い方をすれば、人形たちにとって左か右かということです」

「えっ、人形たちにとって？」三郎はその場で回れ右をし、雛壇に背を向けた。当然のことだが、左右は逆になる。「あっ、なるほど」

「よくお間違えになっている方がいらっしゃいます」

「うちの母親もだ。ずっと間違えたままだった。いい歳をしてたのになあ」

「年齢はあまり関係ないかもしれませんよ。あのサトウハチローでさえ間違えていたようですから」

「サトウハチロー？」

「有名な雛祭りの歌がありますでしょう？　あの歌の作詞をしたのがサトウハチローです」

「そうなんですか。間違えていたというのは？」

「歌の三番に、『赤いお顔の右大臣』という歌詞が出てくるのを御存じでしょうか。あの人形のことです」女性ホテルマンが指したのは、四段目の向かって右に置いてある人形だ。弓を手にし、矢を背負っている。白い髭を生やしているが、たしかに顔が少し赤い。

「その歌のどこが間違いだと……あっ」三郎は口を開けた。

「おわかりになりました？」

「左右が逆なんだから、あれは右大臣ではなくて左大臣なんだ」

「そうなんです。見ておわかりだと思いますが、右の人形より年配ですよね。当時は右よりも左のほうが位が上とされていたからです」

「そうか。右大臣よりも左大臣のほうが偉いのか」

「そういうことです。ただ、もう少し詳しくいいますと、じつはあの人形は左大臣でもないんです」

　彼女の言葉に三郎は目を丸くした。「えっ、そうなんですか」

「よく御覧になってください。弓矢を持っていますよね。彼等は警備を担当する武官なんです。左大臣や右大臣より、もっと位の低い立場です」

「そうなんだ。全然知らなかった」

「歌が有名になりすぎて、今では右大臣、左大臣で通っていますけどね」女性ホテルマンは笑みを浮かべたまま、視線をさらに上げた。「じつをいいますとサトウハチローは、もう一つ大きな間違いを犯しています」

「えっ、何ですか」

「『お内裏様とお雛様』という歌詞です。じつはそういった呼び名はなくて、正式には男雛(おびな)と女雛(めびな)、二つを合わせて内裏雛(だいりびな)といいます」

「へええ、そうなんだ。いやあ、初耳だなあ。私も、お内裏様とお雛様だと思ってました」

「歌の影響って怖いですよね。後にサトウハチロー自身も間違いに気づいて、大いに後悔したそうです。生涯、あの歌を嫌っていたとか」

「ふうん、気の毒だけど面白いや」三郎は男雛と女雛を眺めながらいった。やがて違和感を覚えた。「あれ、おかしいぞ。あなたはさっき右よりも左のほうが上だとおっしゃった。でも男雛は向かって左側、つまり彼等にとっての右側に座っている。これはどういうことだろう」

「いいところにお気づきになられました」女性ホテルマンは右手を小さく振った。「おっしゃる通りなんです。だからかつては男雛は左側に置かれていました。今も京都などではそうです」

「それがどうして逆に？」

「大正天皇の影響だそうです。日本で最初に結婚式を挙げたのは大正天皇ですが、その際に右側にお立ちになりました。そこで雛人形の配置もそうするようになったとか」

「そうだったのか。いやしかし、詳しいですね。まるで雛人形博士だ」女性ホテルマンの顔を見つめた。

彼女は苦笑して手を振った。

「とんでもない。付け焼き刃です。いつもこの時期になると勉強し直します」

「それにしてもすごい。ついでに教えてもらいたいのですが、男雛が右手に持っているもの、あれは何ですか。細長い札みたいなものです」

「ああ、あれはシャクですね」

「シャク？」

彼女はポケットから手帳を出し、ボールペンでさらさらと何か書いた。

「こういう字です」

そこには『笏』と書かれていた。

「元々は朝廷が公事（くじ）を行う時などに、メモを貼り付けておいたそうです。いわばカンニングペーパーですね。それが次第に儀式用の装飾になったとのことです」

とても付け焼き刃とは思えない、わかりやすい説明だった。

「なるほどね」三郎は男雛を見上げた。やっぱりうちの人形にも笏を持たせたほうがいいかな、と思った。

5

帰宅して手洗いとうがいを済ませ、居間に入った。真っ先に雛人形を確認する。やはり桜と橘がホテルのものと逆になっていた。

何てことだ、ずっと間違えてたってわけか――。

早速、二つの花を置き換えた。念のために左大臣と右大臣を見比べてみたが、ホテルの人形と違い、二つの人形にあまり違いはないようだった。

男雛を見た。やはり、笏を持っていないと物足りなく思えた。

人形の入っていた段ボール箱は出したままだ。三郎は、もう一度箱の中を確かめてみた。すると人形を包んでいた紙の中から、ぽろりと何かが落ちた。拾い上げてみると、まさしく笏だった。先日はあんなに探しても見つからなかったのに、今夜は呆気なく見つかった。

男雛を手に取り、その笏を持たせようとした。人形の右手には、笏を持たせるための穴が開けられている。そこに差し込めばいいだけの話だった。

ところがその穴に笏が入らない。おかしいなと思って笏を見て、原因がわかった。何かがこびりついているのだ。よく見るとそれは接着剤のようだった。

どうしてこんなところに接着剤が？　——。

三郎は人形のほうも確かめた。すると左手に接着剤を付けた痕跡があった。これは一体どういうことなのか。

女性ホテルマンから聞いた話を反芻した。あの中に、この謎を解くヒントはないか。

やがて、ふと閃（ひらめ）いたことがあった。三郎は、これまた出しっ放しになっていたアルバムを開き、雛祭りの写真を探した。

やっぱりそうだった。どの写真も、男雛は左手に笏を持っている。人形自体は、本来は右手に持つよう作られているのだから、明らかにおかしい。つまり誰かが接着剤を使って、無理矢理左手に持たせていたことになる。

その誰かとは誰なのか。三郎の母のわけがない。真穂にも、そんなことをする動機がない。となれば、考えられるのは一人だけだ。

三郎は雛人形の前で胡坐（あぐら）をかいた。考えを巡らせているうちに、笑いが込み上げてきた。

そうか、そういうことなのか——。

加奈子は京都で生まれ育った。彼女が左近の桜、右近の橘を知らなかったとは思えない。雛人形における配置について、三郎の母が間違っていることにも気づいていたのではないか。だが彼女はそれを正そうとはしなかった。なぜか。姑の機嫌を損ねたくないという思いもあったかもしれない。だがそれ以上に、別の思惑があったからではないか。三郎はアルバムをめくった。そして何枚かの写真を見て、自分の想像が当たっていることを確信した。

雛祭りには毎年のように着飾った真穂の姿がカメラに収められている。その中に必ず一枚、姿見の前でポーズを取っている写真があるのだ。さらによく見ると姿見には、雛人形が映っている。鏡だから左右が逆だ。

逆だから、桜と橘の位置も正しい。そして男雛と女雛の位置も逆になる。

かつては男雛は左側に置かれていました。今も京都などではそうです——女性ホテルマンの言葉が蘇った。

真穂が生まれ、最初の雛祭りを迎えるに当たり、加奈子は本当は京都式の雛人形を飾りたかったのかもしれない。しかし三郎の母が勝手に買ってきてしまった。当然、関東式だ。男雛は向かって左になる。

ところが飾る段階になり、思わぬことが起きた。桜と橘が逆になっているのだ。それを見た加奈子は、どうやら姑は勘違いをしているらしい、と察知した。そこで彼女は接着剤を使い、男雛の笏を左手に持ち替えさせた。ごく小さな違いだ。三郎の母が気づくことはなかった。

そうして雛祭り当日を迎える。お祝いをして、記念撮影をする。だが加奈子には、密かな恒例行事があった。真穂を姿見の前に立たせて写真を撮ることだ。その姿見には、雛人形が映っていなければならない。なぜならそれこそが加奈子にとって、正式な雛飾りだったからだ。自分が生まれ育った京都の伝統を受け継ぐ飾り方だったからだ。

自分が買ってきた雛人形の前に孫娘を座らせ、三郎の母は御満悦だった。しかしそんな姑を見て、加奈子は腹の中で舌を出していたのかもしれない。お義母様、その飾りは左右が逆ですよ、鏡の中にある飾りこそ本物ですよ、と。

三郎はリビングボードの上を見た。写真立ての中の加奈子と目が合った。

「なかなかやるじゃないか」思わず口に出していた。

真穂の言葉が再び耳に蘇ってきた。お父さん、何もわかってなかったんだね――。

そういうことか、と納得した。おそらく真穂は、母親のこういう一面を見ていたのだ。だから我慢なんかしていないと知っていた。我慢なんかしなくても、自分なりに楽しみながら苦難を乗り越えていく術があるとわかっているのだ。

心配無用、か――。

缶ビールを取りに、三郎は立ち上がった。これから一人で雛祭りだ。

君の瞳に乾杯

1

久しぶりにからりと晴れた日曜になったせいか、場外馬券場は賑わっていた。どこのファッションビルだ、といいたくなるような洒落た建物で、ＪＲＡは儲かっているんだろうなあ、と改めて思う。ただし出入りしている人種を見ると、やっぱり時代を感じざるをえない。何しろネットで馬券を購入できるのだ。わざわざこんなところまで来ているのは、ネットにはあまり縁のないおじさんやおばさん、あるいはそれ以上の世代ということになる。ただし、彼等の目に宿っている光から、老いは感じられない。今日こそは一発当ててやる、といった気迫に満ちている。

混み合った出入口から少し離れたところに僕は立っていた。片手には競馬新聞を持っている。足の裏が痛いのは、スニーカーの靴底が磨り減ってきたからか。そういえば、買ってから何年にもなる。

ハマさんが近づいてくるのが見えた。細い身体を上下ジャージで包み、薄汚れたリュックサックを背負っている。薄い髪を七三に分けた頭頂部は、雨に濡れたらかなりやばそうだ。

「ウッチー、さっき馬券を買ってたみたいだけど、どうだった？」ハマさんが小声で訊いてきた。大きな鼻の穴から、盛大に鼻毛が出ている。

「本命一本でいって、やられちゃいました」

くっくっくっとハマさんは笑った。「そいつはお気の毒」

「ハマさんはどちらへ？」

「んー、露天の居酒屋なんかを覗いてみようかと思ってね」ハマさんは右手に缶ビールを持っていた。「ウッチーは？」

「もうしばらく粘ります」

「そうかあ。じゃあ、がんばって。また後で」手をひらひらと振りながら、ハマさんは遠ざかっていった。

僕は再び場外馬券場に視線を向ける。相変わらず、ひっきりなしに人が出入りしていた。レースが終わるたびに一喜一憂する彼等の表情からは、眺めているだけでもドラマを感じられた。

「よう、内村（うちむら）」

不意に横から声を掛けられた。見るとポロシャツ姿の体格のいい男が立っていた。

おうっ、と僕は思わず身体を反らせた。相手は大学時代の友人だった。柳田という。卒業以来会ってなかったから、六年ぶりだ。

「久しぶりだなあ、こんなところで何をしてるんだ」

僕が訊くと柳田は苦笑を浮かべた。

「それはこっちの台詞だ。俺は連れと待ち合わせをしてて、そこへ行く途中なんだけど、何だか内村に似たやつがいるなあと思ってよく見たら、やっぱりおまえだ。一人で何してんだよ」

「何してるって、見てわからないか？」僕は競馬新聞を示した。

柳田は顔をしかめた。

「そんなものに凝ってるのか。さっき、変なおっさんとしゃべってただろ。顔馴染みか？」

ハマさんとのやりとりを見ていたらしい。

「ここの常連だよ。何度か通ってるうちに顔見知りになっちゃってさ」

「通ってる？　何だよ、ほかに行くところはないのか」

「いや、パチンコ屋にもよく行くよ」

柳田は、がくっと膝を折った。

「大丈夫か、おまえ。天気のいい日曜日に、三十前の男が何してんだよ。学生時代はギャンブルなんかしなかったじゃないか」

「うーん、そうだったかな」僕は頭を掻く。それをいわれると辛い。

「そもそも、今は何の仕事をしてるんだ。就職はしたんだろ?」柳田は僕の頭を見ていった。不審そうな表情なのは、僕が茶髪だからだろう。

「したよ。広告関係の会社にいる」

「ふうん。どんな仕事をしてるんだ」

「市場調査みたいなことばっかりだな。街に出て、アンケートを取ったりとか」

「そうなのか。わりと地味な仕事だな」柳田は少し嬉しそうだ。広告と聞き、派手で華やかなイメージを抱いたのかもしれない。

「世の中の仕事の大半は地味だよ」僕はいった。

「そうかもしれないな。――あっ、そうだ」柳田は何かを思いついた顔になった。「おまえ、まだ独身だよな」

「残念ながら」

「付き合ってる彼女とかは?」

「いたら、晴れた日曜日にこんなところにいない」

「それもそうだ。ちょうどよかった。今度、合コンがあるんだ。おまえ、来ないか？」

「えっ、合コン？」僕は目を見開いた。

「相手はモデルのグループだ。来るはずだったやつが一人来れなくなってさ、誰を誘おうかと迷ってたんだ。もちろん候補はいっぱいいるんだけど、同じテリトリーの中だと、何であいつを誘って俺に声をかけないんだとか、後でいろいろいわれるのは面倒だろ？久しぶりに会った学生時代の友人を誘ったってことなら、角が立たなくていい」

無愛想な柳田の顔が、急に神々しいものに見えてきた。

「それ、いつ？」

「今度の火曜日だ。場所は六本木」

次の瞬間、僕は柳田の手を握りしめていた。

「素晴らしい。空いてるよ。必ず行かせてもらう」真剣な思いを目に込めた。僕の彼女いない歴は、八年に達しようとしているのだ。

2

その店は六本木の交差点からすぐのところにあった。七階建てビルの五階で、タイ料理の店だった。店内は広々としていて、大きなテーブルが並んでいる。柳田たちの姿は、一番奥のテーブルにあった。柳田を含めて四人いる。

柳田が、ほかの三人に僕を紹介してくれた。皆、職業はばらばらで、Jリーグの応援を通じて知り合ったという話だった。僕は挨拶しながら、三人の顔を順番に観察した。彼等は無愛想ではなかったけれど、あまり僕には興味がなさそうだった。それはそうだろう。彼等がここへ来た目的は、茶髪の男に会うことじゃない。

それから間もなく、女性陣が現れた。五人は色とりどりの服装で、一気に場が華やいだ。しかもモデルだけあって、全員がなかなかの美人でスタイルも抜群だ。

僕の向かい側に座ったのは、五人の中では一番小柄な女性だった。一般女性の平均よりも小さいかもしれない。モデルといえば長身というイメージがあるが、いろいろな体格の女性がいるのだなと思った。

印象的なのは目元のメイクだ。黒目が茶色がかっているのは、カラーコンタクトをしているからだろう。しかも黒目を一回り大きく見せるタイプだ。顔立ちによっては宇宙人みたいに見えることもあるが、僕の前にいる女性はよく似合っていた。ふっくらとした頬といい、ぽってりとした唇といい、まるでアニメの美少女キャラクターみたいで、僕の好みにばっちり嵌(は)まっている。

見つめていたら目が合ってしまった。嫌な顔をされるかと思ったが、にっこりと笑いかけてくれたので嬉しかった。

生ビールで乾杯した後、柳田の仕切りで自己紹介が始まった。まずは男性陣から。用意してきたネタが見事にウケて笑いを取る者、気の利いたことをいおうとして微妙な空気を生んでしまった者、と様々だ。僕は手短に済ませた。自分のことを話すのは、あまり得意ではない。特にウケもしなかったが、場を白けさせることもなかったのでよしとする。

次は女性たちの自己紹介だ。モデルとはいっても、テレビとかに出ているわけじゃないので、彼女たちにしても話がうまいわけではなかった。むしろ素っ気ない挨拶が多い。自分たちの売りはトークではなく美貌だ、という自信があるのかもしれない。

僕の向かい側にいる女の子の番になった。彼女の名前はモモカというらしい。愛知県出身、年齢は二十四で、趣味はアニメ鑑賞だとのことだった。それを聞き、胸が躍った。僕もアニメは大好きだからだ。

お互いの名前がわかったところでフリートークとなった。といっても、仕切るのはやはり柳田だ。テレビ番組の司会者みたいに、女の子一人一人に質問をぶつけたり、男性の言葉に突っ込みを入れたりしている。この男が学生時代からこういうことが得意だったのを僕は思い出した。

モモカちゃんは、あまり男性陣に興味があるようには見えなかった。主に、隣のマリナという女の子と話していた。マリナちゃんはほかの三人の女子とも親しいようだが、モモカちゃんはそうではないのか、孤立している感じだった。

あの、と僕は思いきって話しかけることにした。「どういうアニメが好きなの?」

モモカちゃんの顔がこちらを向いた。

「恋愛ものとか?」僕はさらに訊いた。

彼女は当惑した様子もなく、「恋愛ものも好き。でもアニメなら何でもいい。スポーツものとか」と答えた。

「ふうん。スポーツものなら、最近じゃ『黒子のバスケ』がいいかな」

「黒子、いいよね」笑うと頰にえくぼができた。

「黒つながりで、『黒執事』とかはどう?」

「大好きっ」モモカちゃんは両手で握り拳を作った。「セバスチャン、最高」主人公の名前を口にした。

「ゲームから派生したやつなんかは?」

「そういうのも好き。『ペルソナ』とか」

『ペルソナ』は劇場で観た。僕は『トゥルーティアーズ』を奨めることが多いんだけど」

「うん、あれ、いいよね。ゲームとはタイトルが同じなだけで、全くのオリジナルストーリーなんだよね」

「そこがいいんだ」

「同感。じゃあ、『シュタインズ・ゲート』って知ってる？」

「当然。アニメ好きなら絶対に観ておくべき」

「だよねえっ」彼女は目を輝かせた。

「ちょっとおまえら、何の話してんの？」柳田が口を挟んできた。見ると、皆の目がこちらを向いていた。どうやら、僕たちの声が大きくなっていたようだ。

アニメの話だというと、柳田はがっくりと項垂れた。

「そうか、わかった。どうやら俺たちにはついていけない世界みたいだから、そっちはそっちで勝手にやってくれ。ただし、もう少し小声で頼む」

「了解」

司会者の許可を得たので、それからも僕たちはアニメの話で大いに盛り上がることになった。それは場所を移した二次会でも同じで、僕はとうとうほかの女性とは殆ど言葉を交わすことなく、二軒目の店も出たのだった。たぶんモモカちゃんも、僕以外の男とは話していないはずだ。

別れ際、僕たちは連絡先を交換した。何だかすごく楽しい未来が待っているような気がして、僕はスキップしながら帰路に就いたのだった。

3

合コンからちょうど一週間後の夜、僕とモモカちゃんは都心のお好み焼き屋にいた。デートに誘うメールを送ったら、いいよ、と返事が来たのだった。

彼女は今日も黒目を大きく見せるカラーコンタクトレンズをしていて、アニメメイクもばっちり決まっている。僕の好みに合わせてくれたのだろうか、と自惚(うぬぼ)れそうになるほどだった。

前回はアニメの話ばかりしていて、彼女のことを殆ど何も訊かないままだった。今夜は、もっといろいろと知りたいと思っていた。

まずは仕事についてだ。最近はどんなモデルの仕事をしたの、と訊いてみた。

すると、「あっ、あれはウソ」という、あっさりとした答えが返ってきた。

「ああ、違うよ。みんなが嘘ってわけじゃないよ。あたし以外の子は、たぶん本当にモデルだと思う。でも、あたしは違うの。マリナって子がいたでしょ？　彼女に頼まれて急遽参加することになったんだけど、面倒だからあたしもモデルってことにしただけ」

そういってから、「こんなチビのモデル、いるわけないじゃん」と付け足した。

「そうだったんだ。じゃあ、本当は何をしてるの？」

モモカちゃんは生ビールをごくりと飲んでから、「キャバ」と短く答えた。

ああ、と僕は頷く。キャバクラで働いているらしい。

「がっかりした？」

「いや、そんなことはないよ。僕だって、たまに行くことあるし」

「マリナも同じ店で働いてるんだよね。モデルだけじゃ食べていけないからって。ほかの三人もそんな感じらしいよ」

「ふうん、やっぱり厳しいんだね。で、どこ？」

「何が？」

「店だよ。君が働いている店。どこにあるの？」

「六本木だけど」

「何ていう店？」

モモカは眉をひそめた。「それ知って、どうすんの？」

「いや、今度行ってみようかなと思って」

彼女は顔をしかめ、手を振った。「来なくていいよ」

「どうして？　売り上げに貢献しようと思ってるんだ。教えてよ」

するとモモカちゃんは大きくため息をつき、手にしていた割り箸を皿の上に放り出した。

「そういうことをいうんだったら、あたし、もう帰る」

「えっ……」

「店の外では仕事のことなんか考えたくない。売り上げなんて、どうでもいいし」

どうやら怒らせてしまったらしい。僕はあわてた。

「あ、そうだよね。ごめん、謝る。もう訊かない」ぺこぺこと頭を下げた。

「営業するために来てるんじゃないから」

「そうだよね。ほんとごめん」顔の前で手を合わせた。

モモカちゃんは少しふてくされたような顔をしていたが、やがて割り箸を手にし、気持ちを切り替えるように笑顔に戻った。

「アニメの話をしようよ。そのために来たんだから」

「うん、そうしようそうしよう」

その後僕たちは、お好み焼きを食べながらビールやハイボールなどを飲み、大好きなアニメについて大いに語り合った。アニメのことなら、いくらでも話ができた。

「しかしモモカちゃんはすごいなあ。僕もアニメには詳しいつもりだったけど、とてもかなわないよ。どうしてそんなに詳しいの？」話が一段落したところで訊いてみた。

彼女は照れ臭そうに肩をすくめた。

「だってアニメを観るぐらいしか楽しみがないんだもん」

「どうして？　遊びに行ったりしないの？　旅行とかは？」

「しない。そんな相手いないもの」

「マリナちゃんは？」

「あの子とは店の中だけの付き合い。前回の合コンが特別だったの。あたし、人づきあいが得意じゃないんだよね。一人のほうが気楽。それに、外に出るのって、好きじゃない。疲れるし、お金かかるし」

「買い物とかには出ないの？」

「あんまり出ない。洋服とか化粧品とか、通販で済ましちゃう。アニメのＤＶＤなんて、全部通販」

「ＤＶＤは僕もそうだな。ふーん、じゃあ休みの日とかも、いつも部屋にいるわけ？」

「そう。昼頃に起きて、ずーっとアニメを観てる。部屋を出るのはコンビニに行く時だけかな」

「恋人は？」僕にとって極めて重大なことを、さりげなく訊いた。

モモカちゃんは首を振った。「いるわけないじゃん。そんな生活してて」

「よかった」

わざと声に出したのだが、彼女は無反応だった。代わりに、「内村さんは、どうしてアニメが好きなわけ？」と訊いてきた。

うーん、と僕は唸った。この質問に答えるのは難しい。

「うまく説明できないけど、強いていえば消去法かな」

「消去法？」モモカちゃんは眉間(みけん)に皺(しわ)を寄せた。そんな表情もかわいい。

「元々映画好きでさ、実写ものをよく観てたんだ。でもある時期から、実写ものを観るのがしんどくなっちゃってね、それでアニメを観るようになったってわけ」

「ふうん、どうしてしんどくなったの？」

「どうしてだろうね。とにかく実際の人間が次々に出てくるのを観てると、もういいよって気になってくるんだ。人間の顔なんて、現実の世界では飽きるほど見てるからかもしれない」

面白いことをいったつもりではなかったが、僕の言葉にモモカちゃんは、あははと笑った。

「人間の顔に飽きちゃったんだ。それはあるかもしれない。あたしも現実の人間と付き合うのに疲れちゃったから、アニメに惹かれるのかも」

「僕たち、気が合うんじゃないかな」

思いきっていってみたら、彼女はうんうんと頷いた。

「合ってるみたい。こんなに気軽に話せることって、お店とかじゃ絶対にないもの」

「じゃあ、もう一軒行かない？」

僕の提案にモモカちゃんは、いいよ、と元気よく答えてくれた。

4

「いいねえ、内村にもついに彼女ができたか。そいつはめでたいじゃないか」缶コーヒーのプルタブを引きながら黒沢（くろさわ）さんはいった。チェック柄のオープンシャツを着て、バッグを斜めがけにしている。黒沢さんは仕事の先輩だ。

「まだ何回かデートしただけですよ。彼女といえるかどうか……」

僕たちは新宿駅近くの歩道にいた。自販機で飲み物を買い、道行く人たちを眺めている。

「回数なんかは関係ないよ。問題はどこまでいったかだ。で、どうなんだ？」

「何がですか」

「とぼけんなよ。チューぐらいはしたんだろ？　それとも、もっと先まで進んでるのか」

「いやあ、それが……」

「何だよ、まだなのか。ぐずぐずしてたら、タイミングを逃しちまうぞ」

「そういわれても、そんなふうになるチャンスがなくて」

「そんなもの、いくらでも作れるだろ。部屋へ送っていくついでとか」

「それが、最寄り駅までしか送らせてくれないんですよ」

「何だよ、それ。部屋に男でもいるんじゃないか」

「まさか。恋人はいないはずです」

「嘘かもしれないじゃないか」

「いやあ、それはないと思いますけど」

「だったら、まだ信用されてないんだな。送り狼になると思われてるんだ」

「えー、そんなあ」

「まあ、いろいろとアタックしてみることだな。しっかりがんばれや」黒沢さんはコーヒーを飲み干し、空き缶を捨ててから僕の肩を叩いた。「じゃあな」

遠ざかっていく先輩の背中を見送っていると、アニメの中古ＤＶＤの広告看板が目に留まった。後でちょっと覗いてみようかな、と思った。

僕とモモカちゃんは、週に一度ぐらいのペースでデートをしていた。とはいっても、例によって食事をしたり酒を飲んだりしながら、アニメについて語り合うだけだ。もちろん、それだけでも十分に楽しい。問題は、僕のほうに話すネタがなくなってきていることだった。新しいネタを仕入れるには、未見のアニメを観るしかないが、残念ながらそんな時間がなかった。

次のデートで僕がそういう泣き言を漏らすと、「そんなに遅くまで仕事してるの？」とモモカちゃんが訊いてきた。「広告関係の会社だっていってたよね。残業、多いの？」

「残業じゃないんだけど、仕事を自宅に持ち帰ることが多くてさ」

「へえ、大変なんだね」

「殆ど習慣になっちゃってるから、そうでもないけどね。とにかくそういうわけで、なかなかアニメのネタを増やせないんだ。申し訳ないけど」

モモカちゃんはフォークを手にしたまま、「そんなの、全然大丈夫」と首を振った。彼女の皿にはスパゲティのボンゴレ・ビアンコが盛られている。今日はイタリアンにしたのだ。「気にしないで。アニメの話ができなきゃだめってわけじゃないんだから」

「そう？　じゃあ今日は、モモカちゃんの家族の話を聞きたいな」

「かぞく？」彼女はまるで、知らない言葉を聞いたように眉根を寄せた。

「実家は愛知県なんだよね。御両親は、まだそこに？」

「うん、まあ……」

「きょうだいとかはいないの？　何となく、妹がいそうなイメージなんだけど」

「きょうだいは……いない」表情が少し沈んだように見えた。

「実家には、よく帰るの？　お盆とかお正月とか」

するとモモカちゃんは、じろりと僕を見つめてきた。今日もカラーコンタクトレンズを付けていて、茶色がかった黒目がでかい。

「そういう話、面白くない。話題、変えてくれる？」

「えっ、どうして？」

「どうしても。もっと楽しいことを話そうよ」

家族の話は楽しくないのか――。

「あっ……そう。ええと、じゃあ……」

僕は大急ぎで頭の引き出しをさらい、ユーチューブで見つけた面白い動画のことを思い出した。それを話してみると彼女も面白がってくれた。その動画をスマートフォンで再生し、二人で笑い転げた。

僕はモモカちゃんの笑顔を見ながら安堵しつつ、怪訝に思わざるをえなかった。彼女はいつもそうだ。自分のことを殆ど話そうとしない。そういう話題になると不機嫌になる。

もしかすると、過去に何か辛いことがあったのかもしれない。たとえば、あまり幸せな家庭環境で育ったのでないなら、実家や家族のことは話したくないだろう。

いつか打ち明けてくれるといいな、と僕は思った。

レストランを出た後は、いつもの居酒屋で飲み直した。ここでも交わされる会話は、当たり障りのないものばかりだ。モモカちゃんの過去に触れそうになる話題を、僕は用心深く避けていた。

閉店時刻になったので店を出た。送っていくよ、と僕はいった。

モモカちゃんは手を横に振った。「大丈夫、タクシーで帰るから」

「じゃあ、一緒に乗ろう」

「いいよ、反対方向だし」

「構わない。送らせてほしいんだ」

空車が見えたので、僕は片手を上げようとした。するとモモカちゃんは僕の腕を摑んだ。

「やめてよ。そういうのはいらないから」

「いらない？」

「内村さんといると楽しいよ。こんなにいっぱいアニメのことを話せることってないから。でもそれだけで十分。それ以上のことはいらない」

モモカちゃんの言葉は、太い釘のように僕の胸にぐさっと突き刺さった。それでもめげずに、僕は彼女に一歩近づいた。

「僕はそれだけじゃ満足できない。はっきりいうけど、僕は君のことが好きだ。もっと君のことを知りたいし、君の力になりたい。でも君は、ちっとも心を開いてくれない。どうしてなんだ」

モモカちゃんは辛そうにきゅっと唇を結んだ後、上目遣いに僕を見上げた。

「それ、錯覚だよ」

「錯覚？」

「あたしのことを好きだと錯覚しているだけ。単に見た目にごまかされてるんだよ」

「違うよっ」僕は口を尖らせた。

モモカちゃんは、ふっと唇を緩めた。

「自分で気づいてないだけ。内村さんは、あたしとアニメのヒロインを重ね合わせてるの」

「そんなことはしてない」

「してるの。このメイクを取ったら幻滅する。夢から醒めちゃう。あたしにはわかる」

彼女の言葉に僕は激しくかぶりを振った。

「夢なんか見てない。幻滅なんかしないっ」

モモカちゃんは両手を腰に当て、ほとほと呆れたとばかりにため息をついた。そしてしばらく黙り込んだ後、改めて僕を見た。

「わかった。じゃあ、目を覚まさせてあげる。ちょっと向こうを向いてて」

「えっ、どうして？」

「いいから、向いてて」

モモカちゃんが何をするつもりなのかわからなかったが、僕はその場で回れ右をした。

やがて、いいよ、と彼女の声が聞こえた。

振り返ると、彼女が立っていた。先程と姿は殆ど変わらない。だが一箇所だけ違っていることに僕は気づいた。

「どう？」モモカちゃんが訊いてきた。「違い、わかるよね」

「……コンタクトレンズを外したんだね」

「そう。たったそれだけで、ずいぶんと違うでしょ？　平凡で地味な顔。アニメのヒロインとじゃ、月とスッポン。どう、これでわかった？　夢から醒めた？」

僕は身体を動かせないでいた。言葉も出なかった。こんなに驚いたことって生まれて初めてだ。たしかに夢から醒めた。現実に戻った。

彼女のほうが僕に一歩近づいてきた。

「どうしたの？　あまりにも幻滅しすぎて、頭がおかしくなっちゃった？　何とかいったらどうなの」

僕はモモカちゃんの目を見つめながら深呼吸した。それでようやく身体が動くようになった。彼女の両手を摑んでいた。

何、と彼女が怪訝そうな顔をした。

「君に会えてよかった。君は……僕が長い間捜していた人だ」

「だから、そういうのはもういいって」彼女は手を振りほどこうとした。しかし僕は離さなかった。離すわけにはいかなかった。

君に訊きたいことがある、と僕はいった。

5

パチンコ屋の前には、すでに長い行列ができていた。並んでいる人々の表情は、申し合わせたように不機嫌そうだ。新装開店ということで、きっと大当たりの台があるはずだと誰もが期待しているに違いなかったが、実際に儲けを確保するまでは浮かれた気分になれないのだろう。ここにいる者たちの多くは、生活がかかっているのだ。

僕はハマさんと共に、ゆっくりと行列の最後尾を目指して歩いた。ハマさんの衣装は、今日もまた古いジャージだ。僕はシャツと破れジーンズにした。

「ウッチーが見つけたキャバ嬢、めでたく起訴されたらしいな」歩きながらハマさんがいった。班の中でも、僕のことをウッチーと呼ぶのはハマさんだけだ。

「あ、そうなんですか。その後どうなったのか、よく知らないんですけど」僕の声は沈む。あまり思い出したくないエピソードだ。

「さっき、そう聞いたんだ。よかったよ。この一か月ほど、ホシを見つけられてなかったからなあ。課長からも褒められたそうじゃないか」

「ええ、まあ、それはそうなんですけど」

「何だよ、浮かない感じだねえ。ははあ、未だに引きずってるんだな。だけどたしかにショックかもしれんなあ。よりによって、好きになった女の子が指名手配中の容疑者だったなんて、まるでマンガだ」

「マンガはひどいですよ。せめてドラマとか小説のようだといってください」

雑談を交わしながら歩きつつ、僕とハマさんの視線は、パチンコ屋の開店を待つ人々の顔に向けられている。しかし決して凝視してはいけない。見られていることを相手に気づかれてはならないのだ。

「キャバ嬢はカラーコンタクトレンズを付けていたそうだな」

「そうです。しかも黒目を大きく見せるタイプのものです。それで気づきませんでした」

「甘いなあ。顔写真を頭に入れる時には、そういうことも想定しておけって、いつもいってるだろ。特に容疑者が若い女の場合は」

「おっしゃる通りです。まだまだ修業が足りてません」僕は心の底から痛感していた。

「でもまあ、よく見つけたよ。かなり整形もしていたそうだしな」

「してました。目元以外は別人です」

並んでいる人々の顔、特に目元を眺めながらも、僕の脳裏にはあの夜の出来事が蘇っていた。モモカと名乗った女の、コンタクトレンズを外した顔を見た時のことだ。

あの瞬間、僕の背中に電流が走った。続いて頭の中で超高速の検索が始まった。ものすごい数の顔写真が横切っていく。やがて一枚の写真を発見した。『山川美紀（やまかわみき）　二十七歳　業務上横領　愛知県警岡崎警察署』と添え書きされたものだった。

僕は彼女に身分を明かし、その場で職務質問を行った。彼女は驚き、逃げようとした。もちろん逃がすわけにはいかなかった。主任である浜田（はまだ）警部補に連絡をし、応援を要請した。浜田警部補――ハマさんのことだ。

僕の本当の職業は警察官だった。警視庁捜査共助課に所属し、見当たり捜査に従事している。

見当たり捜査とは、指名手配されている犯人の特徴を記憶し、街中を行き来する人々の中から見つけ出すというものだ。これだけを聞くと、まるで雲を掴むような話で、そんなことが可能なのかと疑念を抱くかもしれない。しかし意外と検挙率は高いのだ。警視庁では約十人の捜査員で、毎年四十人程度を逮捕している。

　僕たちの武器は卓越した記憶力と観察力だ。いつも持ち歩いている手製のファイルには、五百人ほどの指名手配犯の顔写真と、特徴や容疑事実を記したメモがぎっしりと収められている。それらを朝と昼に虫眼鏡を使って頭に叩き込むのが日課だ。ファイルは仕事が終わった後も自宅に持ち帰り、暇さえあれば睨んでいる。記憶するポイントは目元だ。年を取っても、太っても痩せても、そして整形しても、目の間隔や大きさ、色などは、ずっと変わらないからだ。

　犯人たちの顔や特徴を脳裏に焼き付けたら、三、四人のグループに分かれて街へ出ていく。乗降客の多い駅は、主な活動場所の一つだ。地方で罪を犯した指名手配犯が、大都会なら潜伏しやすいと思い、上京してくることが多いからだ。僕たちは周りの景色に溶け込むように駅前の街角に立ち、ファイルに収められている顔の人物が通りかかるのを、ただひたすら待ち続ける。うだるような暑さの中でも、手足が痺れそうなほどに寒い朝でも、目を凝らし続ける。

　競馬場やパチンコ屋も狙い目だ。逃亡している犯人が金を手に入れようとするなら、ギャンブルが一番手っ取り早い。柳田に会った日も、僕は場外馬券場を出入りする人々を見つめていたのだ。

あまりに長い時間、何もしないでじっと立っているだけでは、周囲から怪しまれるおそれがある。そこであの日はカムフラージュのため、僕は実際に馬券を買ったりもしてみた。また捜査員同士が話す場合でも、その場にふさわしい自然な会話をする必要がある。誰に聞かれているかわからないからだ。僕とハマさんは常連客に見せかける芝居をしていた。柳田は変に思わなかったみたいだから、下手な演技ではなかったのだろう。

徹底的に人の顔を観察する。次々に現れる顔を、瞬時に頭の中の顔写真と照合していく。それが僕たちの仕事だ。誰にでもできるものではない。捜査員には適任者が選ばれ、特殊な訓練を受ける。

毎日のようにこんなことを続けていると、勤務時間以外でも無意識のうちに人の顔の照合を始めてしまう。ハマさんは親戚の披露宴に出席しようとして、そのホテルのロビーで指名手配犯らしき男を発見してしまい、当たりかどうかを確認するため、延々と尾行を続けたらしい。結果は見事当たりで、思わぬ勤務外での手柄となったわけだが、結局披露宴には出られなかったそうだ。

でもまさか自分の身にこんなことが起きるとは思わなかった。

モモカちゃん——山川美紀の顔写真は、今も僕の記憶に焼き付いたままだった。逮捕した場合には、すぐに忘れてしまいたいのだが、そう簡単には消えてくれない。見当たり捜査員に共通の悩みでもある。

彼女には業務上横領の疑いで逮捕状が出ていた。愛知県岡崎市の小さな中古車販売会社で事務をしていたが、昨年突然行方をくらませた。不審に思った会社が調べてみると、多額の使い込みが判明したとのことだった。

逃走後は上京し、整形手術を受けたらしい。その後、キャバクラの面接を受け、採用になったという。店側は彼女に正式な身分証明など求めなかったのだろう。

住まいはウィークリーマンションだった。道理で僕に送らせなかったわけだ。家族のことを含め、過去について語りたがらなかったことにも合点がいった。きっと彼女自身が思い出したくなかったのだろう。

顔を変え、名前を騙(かた)る生活がどんなものなのか、僕には想像がつかない。しかし、おそらくかなり寂しいものだっただろうという気はする。人づきあいが得意じゃなくて一人のほうが気楽だといっていたが、そういう生き方をせざるをえなかった、というのが真実ではないか。人との交わりが深くなりすぎると、いずれは過去を探られることになるからだ。

ウィークリーマンションの無味乾燥な一室で、ただひたすらアニメを眺め続ける彼女の姿が目に浮かんだ。実写の映像を見れば、人間社会から孤立している自分の立場を実感してしまう。たぶん観るとすればアニメしかなかったのだ。

そんなことをぼんやりと考えていたら、ハマさんが脇腹を突いてきた。その手には携帯電話が握られている。

「黒沢から連絡があった。近くの簡易宿泊所で一人見つけたらしい。俺たちも行くぞ」

「わかりました」

指名手配犯と思われる人物を発見したら、まずは何人かで確認するのがセオリーだ。当たりとなった場合には声をかけるが、その際には捜査員数名で取り囲む。抵抗や逃走を防ぐためだ。僕たちの風貌はとても捜査員には見えないものなので、すぐには信用しない犯人も多い。テレビの『どっきりカメラ』だと思った者もいた。

僕たちは何食わぬ顔で、足早に行列から離れた。ここにいる誰の記憶にも残ってはならない。誰にも顔を覚えられてはならない。それが僕たち見当たり捜査員の鉄則だ。

パチンコ店の前を通った時、アニメの美少女戦士を描いた看板が目に入った。もし黒沢さんが見つけた人物が当たりなら、今夜は祝杯を上げながら、久しぶりにゆっくりとアニメでも観ようかと思った。

山川美紀は、僕にいろいろと嘘をついていた。でも僕のほうも嘘をついていた。ただし、アニメ好きだというのは本当だ。実写ものを観るのがしんどくなったのが、きっかけだというのも。

だって考えてみてほしい。こんなに毎日、数えきれないほど多くの人々の目を見つめているのだ。仕事から解放された時ぐらいは、美少女ヒロインの非現実的な目に癒やされたいではないか。

レンタルベビー

1

その肌は雪のように白かった。指先で頬を触り、すごーい、とエリーは思わず声をあげてしまった。

「まるでマシュマロみたい。これって本当に人工皮膚なの？」

「我が社の最新技術のたまものです。他社製品では、ここまでの質感は得られないと断言できます」担当の男性は、誇らしげに鼻の穴を膨らませた。

エリーは改めてケースの中を見た。その中で横たわっているのは、製品名ヒューマノイド・ベビー７００－１Ｆ、通称赤ちゃんロボットだった。今は白い服を着せられ、目を閉じている。

「現在の状態は？」アキラが担当者に訊いた。「目を閉じていますけど、起動済みですか」

「もちろん」担当者は頷き、懐から細長いリボンを出してきた。それを赤ちゃんロボットの鼻先に近づけると、かすかに揺れた。呼吸をしているということらしい。

「眠ってるの？　どうすれば目を覚ますの？」

「実際の赤ん坊と同じです。大きな音をたてるとか、強く揺するとかすれば目を覚まします。刺激の強さによっては泣きだすことも」

「へええ。抱いてもいい？」

「もちろん。あなた方の赤ちゃんですから」

「あはは。そうだった」エリーは小さなロボットの両脇に手を入れ、持ち上げた。「わあ、結構重い」

「重量は八五〇〇グラム。生後十か月程度の設定にしてあります。これはお客様の遺伝子情報から割りだした数字です」担当者が携帯端末に目を落としながらいった。

「ふうん。よろしくね、赤ちゃん」そうエリーが声をかけた時、赤ちゃんロボットが薄く目を開け、かわいらしい笑みを浮かべた。

この夏エリーは、長期休暇をどう過ごすかについて悩んでいた。海外旅行には飽きたし、故郷の両親とはテレビ電話でしょっちゅう顔を合わせているので、わざわざ帰省したいとも思わない。レジャーを楽しむにしても、どうせどこへ行っても人がいっぱいで疲れるだけのような気がする。

友人たちに尋ねると、「この機会にふだんできないことを体験する」という答えが多かった。語学に挑戦したり、やったことのないスポーツを習ったりするのだという。それも悪くないなと思ったが、では何をしたらいいのかと考えると困ってしまった。好奇心の強いエリーは、やりたいと思ったことにはすでに手を出している。何か未経験のことをといっても、思いつかないのだ。

そんな時に目にしたのが、疑似子育て体験の広告だった。ロボットを使って実際に赤ん坊を育ててみて、育児をしながらの生活がどんなものかを身をもって知ってみる、というものだった。

面白いことを考える人がいるものだと感心した。かつては晩婚化が進んでいるといわれたが、今は非婚化という言葉が使われることのほうが多い。生涯結婚しない人が増えたのだ。実際エリーがそうだ。男性と交際することはあっても、結婚しようとは思わない。そこにメリットを見いだせないからだ。男の側も同じ考えなのか、これまでに結婚しようといわれたことはなかった。

たとえばアキラはハンサムで仕事熱心、おまけに紳士的で会話上手だ。恋人としては申し分ない。それでも一緒に暮らしたいとは思えなかった。

もし結婚に意義を見つけるとしたら、やっぱり子供だろう。生まれてくる子供には、ちゃんと両親が揃っていたほうがいい。

しかし子供がほしいかどうかというと、エリーは自分でもよくわからなかった。女に生まれた以上は生涯に一人ぐらいは育ててみたいという気はする。一方で、子供を持った友達なんかを見ていると、大変そうだなあとも思うのだ。作ってから、やっぱりやめておけばよかったと後悔しても遅い。

だがたぶん、世の中にはエリーと同様、子供を作るかどうかで悩んでいる者がたくさんいるのだろう。良いところに目をつけた商売だと感心した。

早速申し込み、本日晴れて赤ちゃんロボットと対面したというわけだ。

帰宅すると、まずは名前をつけることにした。ロボットの性別は女だ。エリーは一分ほど考えた後、「パールにしよう」といった。真珠のように白くて丸いからだ。

「オーケー、パールね」アキラも納得したように頷いた。

そのパールがぐずりだした。

「あらあら、どうしたのかな。オムツかな」エリーは赤ん坊の下半身を持ち上げ、オムツを調べてみた。少し濡れているようだ。

今日に備えて、あれこれ準備してある。オムツも買ってあった。イメージトレーニングも行ってきた。ベビーベッドやベビーカーもレンタル済みだ。

だが実際にやろうとすると、なかなか手間取るのだった。赤ん坊がじっとしていてくれないのだ。

「ちょっと足をばたばたさせないでよ。アキラ、何をぼけっとしてるの。足を押さえててちょうだい」

アキラが横に来て、パールの足を両手で持った。「こうかい？」

「そうそう」

エリーがオムツを尻の下に敷いた時だった。赤ん坊の尻から何かが噴出し、エリーの顔面を襲った。もう少しで目に入るところだった。

「うわあ」顔を手の甲で拭った。付着したものの正体がわかった。「何これっ。ウンチじゃない」

「そのようだね」アキラが冷めた声を出す。

「くさーい。どうしてこんなものが出てくんのよっ」

「だってそりゃあ、赤ん坊だもの。赤ちゃんは所構わずウンチするものだよ」

「でもこれはロボットでしょ。本物のウンチが出なくたっていいじゃない」

「いやあ、それはやっぱりだめだよ。育児の大変さを知るためには、ある程度のリアリティは必要だろう。それにこれは本物のウンチじゃない。臭いや色を似せてあるだけだ」

「それにしたって……」赤ん坊が泣きだした。「うるさいっ。ちょっと待ってて」エリーは洗面所に向かった。

2

寝室でパールが泣くのが聞こえた。どうやら目を覚ましたらしい。だがエリーは手を離せなかった。夕食の支度をしているところなのだ。もうすぐアキラが帰ってくる。パールを借りたのと同時に、彼との同棲生活もスタートさせていた。赤ん坊が生まれたという設定なのだから、父親がいたほうがいいと思ったのだ。

お願いだから、もう少しだけ待って。包丁を動かしながら呟くが、泣き声はやまない。むしろ、徐々に大きくなっていく。泣き声というより喚き声だ。

エリーは首を振り、調理器のスイッチを切った。シチューの出来は悪くなるが、仕方がない。殺菌保温器で哺乳瓶ごと保存してある合成ミルクを手にし、寝室に向かった。

パールは泣き続けていた。エリーの顔を見た途端、その声が一段と高くなった。何かを訴えているらしい。

「はーい、ミルクだよー」エリーはパールを抱きかかえ、その小さな口に哺乳瓶の先端を近づけた。だがパールはくわえようとしない。顔を真っ赤にして泣くだけだ。

エリーは顔をしかめた。「何いったい？　もしかして、またオムツ？」

哺乳瓶を置き、赤ん坊の下半身に鼻を近づけた。やっぱりそうだ。大便の臭いがした。

ベビーベッドの上でオムツを交換することにした。オムツを開くと、まるでカレーのルーをぶちまけたようになっていた。尻も足もウンチまみれだ。

「うわあ、勘弁してよ」

汚れたオムツをどうしようかと迷っていると、突然パールが激しく手足を動かした。あちこちにウンチが飛び散り、エリーの服やカーペットを汚した。エリーは絶望的な気分になった。

それからしばらくしてアキラが帰ってきた。エリーは調理を続けながら事情を説明した。

「そういえば少し臭うな」彼は鼻をくんくんさせた。

「これでもがんばって掃除したのよ」

「お疲れ様」

エリーは盛大にため息をつき、赤ちゃんロボットに目を向けた。

「眠ってると、かわいいんだけどなあ」

「自分の子供みたいな気がする？」

「それは……たぶん違う。本当の子供なら、泣いても、ウンチをしても、かわいいんだと思う。やっぱりロボット相手だと、本当のところは何もわからないのかなあ」

彼女がしみじみとそういった時だ。パールの顔が真っ赤になった。眠りながら唸っている。次の瞬間、ぷりぷりぷり、と派手に排泄する音が響いた。

エリーは頭を抱えた。

「何でよ。どうしてこうウンチばっかりするわけ？　これ、ロボットの設定がおかしいんじゃないの？」

「そんなはずはないよ。赤ん坊の体質や特徴は遺伝子情報に基づいてプログラムされている。快便ってのも、おそらくその一つなんだ」アキラが淡々と説明する。筋が通っているので反論できないが、そのことがますますエリーを苛立たせる。

「このままだと、こっちは便秘になりそう」肩を落としつつ、オムツを替え始めた。

だが快便というのは、赤ん坊の体質としては良いことだ。オムツ交換は面倒だが、慣れればどうってことない。エリーを最も悩ませることになるのは、夜泣きのほうだった。

夜中の二時を過ぎた頃、パールは決まって泣きだすのだった。ミルクをやっても、オムツを替えても泣きやまない。ただひたすら泣いている。そんな時は立ったままで抱き、ゆりかごのように揺らすしかない。パールがいつ泣きやみ、眠ってくれるかは、その時にならないとわからなかった。

「夜泣きもプログラムの結果?」エリーはパールを揺らしながら訊いた。

「たぶんね」ベッドの中のアキラが、エリーに背中を向けたままで答えた。

少し日にちが経つとパールの我が儘ぶりに拍車がかかるようになった。

「抱っこして寝かしつけても、ベッドに置いたら目を覚まして泣く。買い物に行こうと思ってベビーカーに乗せても、十メートルも進まないうちに泣きだして、結局私が抱くことになる。一体何が気に食わないのか、さっぱりわからない。どうしたらいいの?」

テーブルの向こう側で朝食を摂っていたアキラは、さあ、といって両手を軽く広げた。

「ところで僕、今夜は遅くなる。帰るのは十時過ぎかな」

「ちょっと待ってよ。美容院を予約してあるといったでしょ。七時までに帰ってくる約束だったじゃない」

「急な仕事が入ったんだ。ビッグ・プロジェクトに着手したといっただろ。僕だけ抜けるわけにはいかない」

「せっかく夜遅くまでやってる美容院を見つけたのに」エリーは口を尖らせた。

アキラはフォークとナイフを手にしたまま、少し身を乗り出した。

「僕が家庭より仕事を優先するっていうのは、パールを育てるって決めた時に君が望んだ方針のはずだぜ」

たしかにそうだった。いい返せず、エリーは黙り込んだ。

その時だ。隣の部屋から泣き声が聞こえてきた。

「呼んでるぜ」

「わかってるわよ」乱暴な音をたて、エリーは椅子から立ち上がった。

3

パールを育てて一週間が経った。エリーはノイローゼになりかけていた。頻繁にオムツ交換をしなければならないし、ミルクをあげなきゃいけない。それだけでなく、ハイハイで動き回るようになった。気づいたらスリッパをかじっていたり、電気コードをいたずらしていたりする。とにかく片時も目を離せないのだ。夜泣きは少しおさまってきたようだが、一旦泣きだしたらなかなか泣き止まないのは変わらない。だから周りの迷惑にならないよう、あまり外には出ないようにしている。出かけるのは買い物をする時だけだが、パールが泣きだしはしないかとはらはらし、落ち着いて品物を選ぶこともできないのだった。

　こんなことならさっさとパールを返してしまおうかとも思うが、その場合は違約金を払う必要がある。最初に決めた期間よりも早く返す場合は、残りの日数に応じてペナルティを払うという契約になっているのだ。子育てを安易に考えないように、という配慮からのルールらしい。また子育てを放棄した場合は、その痕跡がロボットに残るので、これまた罰則金が取られることになっていた。

　失敗しちゃったなあ、やらなきゃよかったなあ——そんなふうに考えながらパールの肌着を洗濯していて、ふと気づいた。今日はパールの泣き声を聞いていないのだ。朝、オムツを替えた時も眠っていたし、ミルクをねだってもいない。

　心配になり、様子を見に行った。パールはベッドの中にいる。だが眠ってはいなかった。何だかぐったりしている。

　その顔を見て、はっとした。いつもよりも赤いのだ。どうしたのかと思って頬を触ってみて驚いた。ひどく熱かった。専用の体温計で測ってみると四十度近くもある。

　あわてて電話を手にし、「アキラっ」と呼びかけた。いつもなら画面に彼の顔が映し出されるはずだった。ところが映ったのは、「会議中」という素っ気ない文字だった。

　エリーはパールを抱き上げた。こういう場合はどうすればいいのだろう。ふつうなら病院に連れていくところだ。だがパールはロボットだ。

電話に向かって、「レンタルベビー新東京店」と叫んだ。

間もなくパールを借りた時の担当者が画面に現れた。丁寧に頭を下げ、「何かございましたか」と訊いてきた。エリーは事情を説明した。

「なるほど、発熱ですか。ではこちらに連れてきていただけますか。専門の医師がおりますので」担当者の口調は落ち着いていた。よくあること、とでもいいたそうだ。

それにしても専門の医師とはどういうことか。

とりあえずパールを抱き、店に向かった。着くと、クリニックセンターという部屋に案内された。そこにはふつうの病院と同じように待合室があり、数名の女性が順番待ちをしていた。皆、小さな子供を連れている。

「彼等は雰囲気を出すためにいるだけです」担当者がエリーの耳元でいった。「赤ん坊が熱を出したら一刻も早く医者に診てもらいたい。しかし実際の病院では必ず順番待ちをしますからね。そういった苛立ちや不安に慣れていただくためです」

なるほど、と納得した。どこまでも芸が細かい。

三十分ほど待ち、ようやく診察室と呼ばれる部屋に通された。待っていたのは白衣を着た男性だった。看護師姿の女性もいる。

「発熱のせいで軽い脱水症状を起こしたんでしょう。心配はいりません。治療用ドリンクを出しますから飲ませてやってください」医者設定の男性は、それらしくパールの身体を診た後、乾いた声でいった。

帰宅後、いわれたようにパールにドリンクを飲ませることにした。なかなか飲もうとしないので苦労したが、どうにか規定の量を飲ませられた。

パールはすぐに眠った。その顔色が少し回復しているように見えたのでエリーは安堵した。その気持ちは罰則金を気にしてのものではないことに気づき、自分で驚いた。パールを健康に育てなければ、という使命感が芽生えてきている。

アキラは夜中に帰ってきた。彼が服を脱ぐ横で、エリーは今日の出来事を話した。

「ふーん、そんなことがあったのか。そいつは大変だったね」

「あなたには連絡がつかないし、焦っちゃった」

「ごめんごめん。何しろ、仕事が忙しくてさ」

「相変わらず、大変そうねえ」

「大変だけど、がんばらなきゃ。何しろ僕には妻と子供がいるからね」そういってアキラはベッドに倒れ込み、すぐにグーグーといびきをかき始めた。その顔を見ながらエリーは、結婚生活ってこういうものなのかなと考えた。

翌日もアキラは朝早くに出かけていった。エリーはパールにドリンクを飲ませ、時々オムツを交換した。不思議なもので、ウンチの臭いも気にならなくなってきた。

そして夕方のことだ。またドリンクを飲ませようとした時、ベッドの中のパールが笑いかけてきた。そしてかわいい声で、「ママー」といったのだった。

4

久しぶりにアキラが休みを取れたので、パールを連れて買い物に出ることにした。ベビーカーを押し、巨大ショッピングモールを一緒に並んで歩く。生まれて初めての体験だ。

ふだんは疲れたとしかいわないアキラも、今日は上機嫌で饒舌(じょうぜつ)だ。冗談をいってエリーを笑わせたり、パールの前で面白い顔を作ったりしている。

子供服売り場では俄然盛り上がった。いろいろな服をパールに着せたり、少し大きめの洋服を見つけては、成長するはずのないパールの将来像を語り合ったりした。

結婚も悪くないかもしれないな、とエリーは考え始めていた。結婚して子供を作り、平凡な毎日を送る。その楽しさを今までは想像できなかったが、こうして疑似体験してみると少しわかったような気がした。

アキラが電話を出したのは、おもちゃ売り場に入ろうとしていた時だ。話しながら彼の顔が険しくなっていくのをエリーは見た。

「大変だ」電話を終えてから彼はいった。「トラブルが起きた。大至急、会社に行かなきゃいけない」

「えっ、そうなの？　今日は外で食事できると思ってたのに」

アキラは顔の前で手を合わせた。

「ごめん。この埋め合わせはきっとするから」

「しょうがないなあ。でも今日はここまでよく楽しませてくれたから許してあげる」

「ありがとう。じゃあ、パールのことをよろしく。――パール、良い子にしてるんだよ。ママを困らせないようにな」アキラはベビーカーの中にも声をかけた後、足早に去っていった。

仕方がないと諦め、エリーはベビーカーを押しておもちゃ売り場に入っていった。パールにはどんなおもちゃがいいだろうか。まだ小さいのでゲームとかでは遊ばないか。

女性店員がいたので相談してみることにした。

「このぐらいのお子様でしたら、今はホログラム粘土をお買い求めになる方が多いです粘土の映像を手で触ると、自在に形が変わる。

見せてくれたのは立体映像を作り出す小さなパネルだ。宙に浮かんでいる粘土の映像を手で触ると、自在に形が変わる。

「お子様の成長に合わせて、粘土の硬さを変えることも可能です」

「へえ、面白そう」

値段を聞いて、目を剝いた。赤ん坊に買い与えるものだろうか。少なくともレンタルベビーのために買うことは考えられない。

しかし自分の子供ならどうか。もしかすると買ってしまうかもしれないな、とも思う。

店員に礼をいい、ホログラム粘土を返した。それから振り返り、息を吞んだ。

ベビーカーが消えていた。周りを見回したが、どこにもない。

「パールっ」名前を呼び、売り場の外に出た。似たようなベビーカーがあったので急いで駆け寄ったが、そばに母親らしき女性がいた。赤ん坊もパールではなかった。

どこへ行ったのか。ベビーカーは電動式だが、勝手に動くわけがない。誰かに掠われたとしか考えられない。

アキラに電話をかけた。だが画面に表示されたのはまたしても、「会議中」の文字だ。舌打ちをして電話を切った。

こうなったら警察に連絡を、と思ったところで頭に浮かんだことがあった。パールを借りた時に担当者からいわれたことだ。

「レンタルベビーが盗まれたり壊されたりした場合は、速やかに当社に連絡してください。こちらから警察に盗難もしくは器物損壊の被害届を出します」

そうなのだ。これは誘拐事件などではない。子供が掠われたのではなく、機械が盗まれたのだ。いや、現時点では盗まれたのかどうかもわからない。となれば、紛失届ということになるのだろうか。

エリーは電話をしまった。そんなことはどうでもいい。パールを捜すことが先決だ。盗難にしろ紛失にしろ、人命に関わらないとなれば警察もきっと素早くは動いてくれない。

彼女は駆けだした。道行く人々を捕まえては、ベビーカーを見なかったかと尋ねてみた。多くの人たちは親切で、そういえば、と懸命に記憶を辿ってくれた。だが少子化の時代とはいえ、ベビーカーなんていたるところにある。見なかった、という人のほうが少ないのだ。彼等の話に基づいてショッピングモール内を駆け回ってみたが、パールを乗せたベビーカーは見つからなかった。

一人の女性が貴重なアドバイスをくれた。場内アナウンスを依頼したらいい、というのだ。エリーは自分の頭を叩きたくなった。その手があった。女性に礼をいい、再び駆けだした。

場内アナウンスの事務所へ行き、事情を説明した。その場ですぐにアナウンスを始めてくれた。心当たりのある方は、近くの店員にいってくれ、という内容だった。

何か情報が入れば電話をくれるということなので、エリーは事務所を出た。興奮する頭を鎮め、懸命に思考を巡らせた。

パールは本物の赤ん坊そっくりだ。だからどこかの悪い奴が、人間の子供と間違えて誘拐を図ったとしても不思議ではない。掠った後、犯人はどうするか。無論、一刻も早く立ち去りたいだろう。

クルマだ、と気づいてエリーは駐車場に行ってみた。巨大ショッピングモールだけあって、駐車場も広大だ。大小様々なクルマが、ずらりと並んでいる。周囲に目を凝らしつつ、通路を進み、時にはクルマの間を通り抜けた。だがどこも似たような光景で、動き回っているうちに自分がどのあたりにいるのかわからなくなり、気がつくと同じ場所に戻っていたりした。まさに迷路だ。

パールはここへ連れて来られたはずだ、とエリーは確信した。ずっと売り場にいたなら、誰かが目撃しているはずだ。誘拐した後、犯人はすぐにパールをここへ連れてきたそうに違いない。

ではもう逃走した後だろうか。ベビーカーは犯人たちのクルマに積み込まれ、今頃は近くのハイウェイでも走っているのか。

どうしていいかわからず、エリーは再度アキラに電話をかけた。すると今度はあっさりと彼の顔が現れた。「どうかしたかい？　買い物を楽しんでる？」のんびりした顔に苛立ちを覚えた。

「それどころじゃない。パールが誘拐されたのっ」

「えっ」さすがにアキラの顔が強張った。

エリーは手短に状況を話した。

「それで、どうしていいか困ってるところなの」

「だったら、レンタルベビー店に連絡したらどうかな。盗難や紛失した場合は……」

「何いってるの。これは誘拐よ。パールの身に何かあったらどうするのよっ」エリーは早口でいいたてた。

「でも……」

「とにかく、今すぐこっちに来て。一緒にパールを捜してちょうだい」

「いや、それは無理だよ。まだトラブルが片付かなくて、今日は一日会社を離れられない。僕がいなくなったら、大勢の人間に迷惑がかかる。悪いけど、君ひとりで何とかしてくれないか。場合によってはレンタル店に解約を申し出て――」

「もういい。頼まないっ」エリーは電話を切った。こんな会話をしていること自体、時間の無駄だとさえ思った。

その時だった。どこかから赤ん坊の泣き声が聞こえた。エリーは耳を澄ました。間違いない。パールだ。パールが泣いている。

必死で声の方向を探った。泣き声が駐車場全体に反響するので掴みにくい。それでも気持ちを集中させ、止まっているクルマの間を移動した。大きなクルマが多いので、なかなか先が見通せない。

パール、どこなの――。

目の端で何かが動いたような気がした。エリーはそちらに目を向けた。見覚えのある焦げ茶色の小さなベビーカーが、クルマの間を横切った。

「パールっ」エリーは急いで駆け寄った。だがそこへ着いた時には、すでにベビーカーは消えている。あわてて周りを見た。

するとまた離れたところで、ベビーカーが横切った。エリーは駆け出す。まるで隠れん坊か鬼ごっこをしているようだ。だが距離は少しずつ詰まってきている。犯人がどういう人間かは知らないが、追い詰められたら襲ってくるかもしれない。それでもエリーは引き下がらない覚悟ができていた。パールを取り返すためなら何も怖くない。

いよいよ、範囲は狭められた。数台のクルマの陰のどこかに犯人はパールと共に潜んでいるはずだ。その証拠に、すぐ近くから泣き声が聞こえる。

「かか……隠れたって無駄よっ」エリーは姿を見せない犯人に向かっていった。「あ……あ……諦めて……出てきなさい。子供を返してっ」足ががたがたと震えた。

やがて数メートル離れたクルマの隙間からベビーカーが現れた。エリーは身構えた。ベビーカーを押して犯人も姿を見せると思ったからだ。

ところが——。

犯人の姿はなかった。ベビーカーだけが動いているのだ。

えっ、どういうこと？

エリーがきょとんとした次の瞬間、ベビーカーがくるりと向きを変えた。さらに、猛然と走りだした。

「えっ、何？　ちょっと待ってえっ」彼女は全力で追いかけた。

駐車場の通路を、ベビーカーは直進し続けた。スピードを緩める気配すらない。そのまま進めば壁に激突してしまう。凄惨な情景がエリーの頭に浮かんだ。

壁まであとわずかというところで、ベビーカーのハンドルに手が届いた。彼女は電動モーターのスイッチを切り、自らの足でブレーキをかけた。靴底が床を滑った。

気がついた時、ベビーカーは止まっていた。壁まで、あと二メートルだった。エリーはのろのろと立ち上がり、ベビーカーの中を覗き込んだ。

パールは泣き止んでいた。エリーの顔を見て、ママー、と笑った。

エリーはパールを抱きしめ、わあわあと声をあげて泣いた。

「大変申し訳ありませんでした」レンタルベビー店の担当者は平身低頭して詫びた。

「一体どういうことよっ」エリーは怒鳴った。

「ベビーカーのシステムに問題があったようです。自動操縦システムが組み込まれているのですが、どうやらそれが誤作動を起こしたらしいのです。こんなことは初めてで、当方としても驚いております」

「何それ。そんなんでいいと思ってるの？　うちの子に何かあったらどうするつもり？」

「いや、それはもうこちらの落ち度ですから、その場合はすぐに無料で代わりのレンタルベビーを御用意させていただきます。お客様に御迷惑はおかけいたしません」

「そういうことをいってるんじゃなくて、子育ての疑似体験をさせようってんだから、安全管理もしっかりやってもらわないと困るってことなの」

「おっしゃる通りです。至急、別のベビーカーを準備しますので——」

「そんなものはいらない。これからは私が抱いて移動します」そういい放ち、エリーはパールを抱いて店を後にした。

5

いよいよパールと別れる日がやってきた。つまり今日がレンタル期間の最終日なのだ。

エリーは最後の世話をした。ミルクをやり、オムツを替え、爪を切ってあげた。風呂で身体を奇麗にし、洋服を着せた。

いろいろあったが充実した日々だった。この長期休暇の間に、子育てにはすっかり慣れた。今ではパールのことがかわいくて仕方がない。できれば返したくない気分だが、そういうわけにいかないことぐらいはわかっている。

「終わってみればあっという間だったね」アキラがいった。今日は彼も一緒だった。部屋を出る前にエリーはパールを抱きしめ、また少し涙を流した。

「いかがでしたか」レンタルベビー店に行くと、担当者がにこやかに尋ねてきた。

「とても良い経験になりました。子育ては素晴らしいと思いました」エリーは正直な感想を述べた。

「そうですか。ロボットを確認しましたが、期間中、大変大事に育てられていたことが窺えます。あなたは今すぐにでも母親になれます。立派なお母さんになれることでしょう」

「そうでしょうか」思わず笑みがこぼれる。半分はお世辞だろうと思いつつも嬉しかった。

じつは、と担当者が少し真顔になって続けた。

「御利用前にはお話ししていないのですが、このレンタルベビー・システムには仕掛けがございまして、お客様にいくつかの試練が訪れるようになっているのです」

「試練？」

「たとえば、赤ん坊が急に熱を出したり、怪我をしたり、夜泣きをしたりといったことです。突然、行方不明になったりすることもあります」

あっ、と口を開けた。「すると、あのベビーカーの暴走事件は……」

「そういうことなんです」担当者は頭を下げた。「子育ては、ままごと遊びではないのです。子供を持つということはどういうことか。危機管理がどの程度に必要か。それをわかっていただくことが我々の望みです。そこで突発的な事件を体験していただくようになっております。怖い思いをされたことでしょうが、そういうわけですので、どうか御理解いただけますと幸いです」

「そうだったんですか。変だと思った」

「しかしお客様は冷静で、勇気ある行動を貫かれました。立派なお母さんになれるでしょうと申し上げたのは、そういう根拠があってのことです」

「あの時は夢中だったから……」

「それが母の強さというものなんです。どうですか。これを機に、子供を持つことをお考えになっては？」担当者が尋ねてきた。

そうねえ、とエリーは首を傾げた。

「やっぱり、まだ決心がつきません」

「子育てに自信がないということですか。あなたなら大丈夫ですよ」

「子育ては素晴らしいと思いました。問題はその前。結婚するかどうか」

「ははあ」担当者が隣を見た。「ということはつまり、こっちがだめでしたか」

そこにはアキラがいた。神妙な顔をして座っている。

「御期待に添えず、申し訳ありませんでした」アキラが頭を下げていった。

「謝ることはないの。あなたは私が最初に希望した通りの夫を演じてくれた。会話はうまく、物事を合理的に考える。仕事に燃えてて、家の事情なんかで職務を投げ出すような人じゃない。それは全部、私が最初に望んだことだもの。あなたとはパールと会う前に恋人設定で付き合ったけど、とても楽しかった。それは本当よ」

ありがとうございます、とアキラは微笑んだ。

彼はレンタルベビー店と契約しているプロの仮想ダディだった。疑似子育てを体験したいが現在付き合っている相手がいないという女性のため、店側が用意してくれる男性だ。この店では二十人ほどの仮想ダディが登録されているという。彼等は女性の好みを細かく分析し、その理想通りの人間になりきるという特殊な才能を持っているらしい。たしかにアキラも恋人としては理想的だった。

彼が会社に通っているとか、大きなプロジェクトに挑んでいるとかいうのは、すべて設定上のことにすぎない。ベッドを共にすることはあるが、性的関係をもたないのはいうまでもない。

「私の場合、子育てにはやっぱり夫の協力が必要。たまには仕事を犠牲にしてくれるぐらいでないと無理ね。そういう相手が見つからないかぎり、そこから先のことは考えられないと思う」

エリーの言葉に担当者は頷いた。隣ではアキラも頷いていた。無論、彼がその名前を使うのも今日かぎりなのだろうが。


こうしてエリーのひと夏の体験は終わった。明日からはまた仕事だ。家に帰ると、女友達から電話があった。彼女はスペースシャトルに乗って、三十分間の宇宙旅行をしてきたといった。

「無重力体験ねえ。私は一昨年やったけど、大して面白くなかった。景色も単調だったし」

「そういうエリーは長期休暇の間、何をしてたの？」

「ふふん、ちょっと面白いこと」

エリーはこの夏の出来事を話した。すると友人はテレビ画面の中で、大げさに驚いてみせた。

「ちょっとあなた、まだそんなことをいってんの？」

「何がよ」

「だってエリー、あなた歳いくつよ？　あたしと同じだから今年で六十――」

「シャラップ」

「シャラップじゃないわよ。もういい加減、結論を出したら？　ていうか、諦めたら？」

「何でよ。凍結卵子を保存してあるから、相手さえ見つかればいつだって受精できる。人工子宮の技術だって確立されてる。何も問題ないはずよ」

「あなたの場合、そういうことではないと思う。今まで散々迷って、結局結婚しなかったわけでしょ。そろそろ自分の運命を受け入れたら？」

「いいえ。私は可能性があるかぎり迷い続けるつもり。だってまだ六十歳。平均寿命の半分しか生きてないんですからね」

壊れた時計

1

表示された着信番号は知らないものだった。怪しげな電話だったらすぐに切ろうと思って出てみると、「ああ、よかった。まだこの電話、生きてたんだな」と男の声がいった。相手はAだった。前に会ったのは二年ほど前だったか。

「元気かい？」Aが訊いてきた。

「ぼちぼちってところです」俺は答えた。

「仕事は？」

「……まあ、それなりに」

俺の返事が少し遅れたことで何かを悟ったのか、Aは、ふふんと低く笑った。

「相変わらずみたいだな。人間ってのは、そう簡単には変わらねえからなあ。どうだい、わりのいいアルバイトがあるんだけど、やってみる気はないか。例によって、ちょっとばかしヤバい仕事だけど、報酬を聞けば納得すると思うぜ」

「どんな仕事ですか」俺は尋ねてみた。

「難しいことじゃない。指定された日の指定された時刻に、指定された部屋に行って、ある品物を取ってくる。ただ、それだけだ。部屋の鍵は俺が預かっている」

いかにも簡単そうにAはいう。だがその言葉を真に受けてはいけないことを、俺はこれまでの経験で痛いほどわかっていた。

Aは闇の周旋屋だった。名前は聞いているが、本名かどうかはわからない。知り合ったのは約十年前だ。当時はまだいくつか存在していたインターネットの闇サイトがきっかけだ。『人がやりたがらない仕事を紹介して or します』というサイトで何度か書き込みをしていたら、向こうから接触してきたのだ。Aはインターネットの書き込みを読むだけで、適任者かどうかを見抜く力に長けているようだった。

最初は本当に簡単な仕事が多かった。老人の家を訪ね、嘘の身分、嘘の名前を騙り、小さな荷物を受け取ってくる、というものとかだ。荷物の中身が何かは知らされていなかったが、おそらく現金であり、この仕事が詐欺の共犯であることも薄々わかっていた。しかし気づいていないふりを続けた。

やがてAはもっと複雑な仕事も依頼してくるようになった。俺のことを、金のためなら何でもするタイプだと確信したのかもしれない。闇サイトというものが世間に知られるようになり、警察にも目を付けられ始めていたから、わけのわからない輩に声をかけるより、駒としてすでに実績のある者を使ったほうが手堅いとも思ったのだろう。

ある時頼まれたのは、大きな荷物の輸送だった。深夜、冷蔵庫大の段ボール箱を高速道路のパーキングエリアで見知らぬ男から受け取り、数百キロ離れたインターチェンジで待機している別の人物に渡すという仕事だ。運転は苦手ではなかったが、箱から発せられる腐臭が半端でなく、冬場だというのに窓を開放して走らねばならないのが辛かった。腐臭の正体には見当がついていたが、敢えて考えないようにした。あの時もAは、「ただ箱を運ぶだけだ」と簡単にいったのだった。

部屋の掃除を頼まれたこともあった。十二時間以内に室内を奇麗にし、ゴミをすべて処分してくれ、という内容だった。ただし、その部屋で見たことは決して口外するな、と釘を刺されていた。

部屋に行ってみて驚いた。そこらじゅうが血まみれで、家具は壊れ、カーテンは引き裂かれ、照明器具は割れていた。その部屋で何が起きたのかは容易に想像がついたが、考えないようにして、黙々と作業を続けた。結局、掃除を終えるのに十時間以上を要した。それでも事前のAの説明は、「単なる部屋掃除」だった。

「どうだ。引き受ける気はないか」Aが確かめてきた。

「その部屋から取ってくる品物って何ですか」俺は訊いた。「まさか、またでかい段ボール箱とかじゃないでしょうね」腐臭の漂う、と付け足したいところだ。

「心配しなくても、そんな大きなものじゃない。ワインボトルほどの大きさの置物で、細長いケースに入っているそうだ。取ってきたら、ケースごと俺に渡してくれ。その時に報酬を払う」

Aは金額をいった。それは失業中の身にとっては、喉から手どころか足まで出そうになる数字だった。

「その部屋ってどこにあるんですか」

「俺は詳しいことは知らない。あんたが引き受けるっていうんなら、依頼主にあんたのメールアドレスを教えるから、直接指示が行くはずだ。どうする？　やるか？」

「やりましょう」俺はケータイを握りしめて答えた。これでアパートを追い出されずに済む、と胸を撫で下ろした。じつは家賃を三か月分滞納している。

使い込みがバレて、働いていた居酒屋をクビになったのは先月だ。仕事を探さなきゃと思いつつ、だらだらと毎日を送っている。今さら田舎の両親を頼れない。下手に無心でもしようものなら、さっさと帰ってこいといわれるだけだ。

電話があった翌日、俺はアパートの近所にある公園でAと会った。痩せた体躯を高級そうなスーツに包んだAは、二年前と変わらない危険な香りを漂わせながら、真新しい鍵を差し出した。

「細かい指示はメールで届くはずだ。それに従ってくれ」

じゃあよろしく、といってAは足早に立ち去った。その背中は、自分はあくまでも仲介者なのだ、と語っているようだった。

Aと別れてから一時間ほどすると、俺のケータイにメールが届いた。タイトルは、『依頼主より』となっていた。

メールには、二日後の午後五時から七時の間に実行するように、とあった。その時間なら部屋の住人は留守なのだろう。場所は都内のタワーマンションの一室。持ちだしてくるのは白い彫像で、Aがいったように細長いケースに入っているらしい。メールには彫像とケースの写真、そしてマンションの場所を示す地図が添付されていた。彫像は南米の民族衣装のようなものを着た女性の姿をしていた。

そして文面は、次のように締めくくられていた。

『家捜しの痕跡が残るのは全く問題ない。むしろ、ほかに金目の物があれば奪い、単純な窃盗に見えるようにしておくのが望ましい。また、犯行日時をはっきりと特定できる手がかりを残しておくように。』

2

指定日の午後五時ちょうど、俺はAから受け取った鍵を使ってマンション入り口のオートロックを解除し、やや俯き加減で玄関ドアをくぐった。防犯カメラに顔が映らないよう、庇(ひさし)の長い帽子を被ってきているが、ここではあまり気にすることはない。何しろ巨大タワーマンションだ。一日に延べ数百人が通過するだろうから、映ったところでさほど問題ではない。気をつけるべきは、エレベータ内の防犯カメラだ。降りた階数によって人物を特定されてしまう。だから俺は目的の部屋が三十三階にあるにもかかわらず、わざと三十階で降り、残りの三階分は階段を使った。

俺は今回の仕事の意味を理解していた。部屋に行ってケースに入った彫像を持ちだしてくるように、との指示だが、要するに盗んでこいということなのだ。部屋の鍵は、何らかの手段で手に入れたか、作ったかした合い鍵だろう。どちらにせよ部屋の住人には無断でしていることに違いない。

依頼主は二つのものを欲している。一つは、いうまでもないことだが白い彫像だ。そしてもう一つはアリバイだ。メールでは、犯行日時を特定できる手がかりを残しておくように、と注文をつけてきた。警察が窃盗事件として捜査した際、万一にも自分が疑われないようアリバイを作っておくつもりだろう。

廊下を歩きながら、用意しておいた手袋をジャンパーのポケットから出し、両手に嵌めた。指紋を残すのは論外だった。俺は交通違反で何度か指紋を採られている。

部屋の前で足を止め、周囲を見回した。人目がないことを確認し、Aから預かった鍵を鍵穴に差し込んだ。軽く捻ると、かちゃりと金属の外れる音が聞こえた。

ドアを開けると玄関ホールが明るくなったので少し驚いた。どうやらセンサーが働いて、照明がついたらしい。近頃のマンションでは珍しくない仕様なのだろうが、安アパート住まいの身には心臓によくない。

どうせ単純な窃盗犯に見せかけるのだからと思い、靴を履いたまま部屋に上がりこむことにした。すぐ正面にあるドアを開け、手袋を嵌めた手で明かりのスイッチを入れる。室内に白い光が広がった。

十数畳のリビングルームだった。ソファとテーブルが並び、テレビが置いてある。テーブルは大理石だった。ダイニングテーブルはないから、そこで食事を摂っているのだろう。テーブルの上には、コンビニ弁当でも食べたのか、空の四角いプラスチック容器が放置されている。

引き戸が半分ほど開いており、隣の部屋が見えた。そちらは寝室らしい。

リビングルームの真ん中に立ち、ぐるりと見回した。装飾品の類いは一切なく、殺風景を絵に描いたような部屋だ。長い間掃除をしていないらしく、床の隅には埃が溜まっている。典型的な男の一人所帯だ。

ざっと見渡したところ、彫像も細長いケースもなかった。それらが入っていそうなバッグや収納家具もない。

小さなクローゼットがいくつかあったので、それらの扉を片っ端から開けていった。どの棚にも、ぎっしりと物が詰まっていた。窃盗犯に見せかけるためには金目のものを物色する必要もあるのだが、まずは目的の品だ。

クローゼットを一通り調べたが、彫像は見つからなかった。俺は捜索場所を隣の部屋に移すことにした。寝室にはシングルベッドと机、そして書棚が並んでいた。

ここにもクローゼットがあったので、まずはそこから調べ始めた。洋服が吊るされていて、多数の箱や容器が、かなり乱雑に放り込まれていた。それらを一つ一つ開けていったが、中に入っているのはがらくたにしか見えないものばかりだった。

結局、この部屋のクローゼットからも彫像は見つからなかった。時計を見ると六時を少し過ぎている。俺は少し焦ってきた。タイムリミットが近づいている。

ベッドの下や机の引き出しの中を調べたが無駄だった。俺はベッドに腰を下ろし、腕組みをした。Aに連絡するかどうか迷った。時計を見ると、時刻は六時二十分だ。何らかのアクシデントが発生した場合には、Aに電話することになっている。目的の品物が見つからないというのは、やはりアクシデントというべきだろう。

電話しようとケータイを取り出したところで手を止めた。まだキッチンを調べていないことに気づいたのだ。大切なものなら、意表をついたところに隠してある可能性は高い。

キッチンに入り、まずは冷蔵庫の中を確認した。3ドアタイプの冷蔵庫だったが、どの扉を開けても目的の品は発見できなかった。

作り付けの食器棚の中、シンクの下、いずれも空振りだった。俺はため息をついた。あとはトイレとバスルームぐらいしかないが、物を隠せる場所などあるだろうか。首を捻りながらキッチンから出た。

すると――。

そこに、見知らぬ男が立っていた。

スーツを着た、四十歳ぐらいの男だった。小柄で眼鏡をかけている。眼鏡の向こうの目が丸くなっていた。紙袋を提げたまま、俺を見て、じっと立っている。

俺も、あまりの衝撃に動けなかった。二人で、見つめ合っていた。奇妙な沈黙の時間だった。いや、実際には一瞬のことだったのだろう。

男が大きく口を開けた。「なんだっ、あんたは？　ここで何をしてるんだっ」上擦った声で叫んだ。

俺は答えるよりも先に動きだしていた。身を低くすると、男に突進し、ラクビー選手のようにタックルを仕掛けた。運動神経と馬力には少々自信がある。

二人で重なるように倒れた。ごん、とすごい音が聞こえた。俺は素早く相手の身体にまたがり、拳を固めた。二、三発殴り、気絶させようと思ったのだ。

だがその手を止めた。

相手がすでに動かなくなっていたからだ。眼鏡の向こうで白目を剥いている。

これはいい、気絶させる手間が省けた、と思ったのも束の間だった。床に夥しい量の血が広がり始めていた。

「あわわわわ」俺は声をあげていた。

ふと見ると、大理石のテーブルの角に血が付着していた。転倒した拍子に、男の後頭部がそこに激突したようだ。

俺は、おそるおそる男の口元に手をやった。男は息をしていなかった。手首を取り、脈を調べてみたが、止まっていた。

まずい。

殺してしまった。

俺は後ずさりし、尻餅をついた。腰が抜けたようになった。どうしよう。とにかく一刻も早く逃げるしかない。そう思った時、それが目に入った。

男が提げていた紙袋だ。その中に、細長いケースが入っていた。

3

電話は、すぐに繋がった。どうかしたのか、と尋ねてくるAの声にはいつもの軽々しい響きはなかった。

大変なことになった、と俺はいった。早口で事態を説明し始めたが、緊張のために口がうまく動かず、何度も舌を嚙みそうになった。

話を聞き終えたAは、しばらく黙っていた。電話を切られるのではないかと怖くなった。

だがAはそんなことはせず、わかった、といった。その口調があまりに落ち着いているので戸惑った。

「例のケースはそこにあるんだな」

「あります」俺はテーブルの上に目をやった。ケースの入った紙袋を、そこに置いてある。床に置いておくと血で汚れそうだったからだが、出血は止まりかけているようだ。

「中身は確認したか」

「しました。写真の彫像に間違いないです」

よし、とAは短く答えた。

「それならそれでいい。後はすべて予定通りにやってくれ」

「予定通りって……」

「彫像をケースごと持ち出すんだ。で、待ち合わせ場所で俺に渡す。そういうことだ」

「死体は？　どうすればいいですか」

「何もしなくていい。そのままでいい」

「でも……」

「何だ」

「まずいんじゃないですか。大事件になってしまいます」

Aは、ふっと息を吐いた。

「たしかにそうだが、単なる窃盗事件が強盗殺人に変わっただけだ。警察が動くことは最初から想定済みだ。住人が死んだことで通報が遅れるから、却って都合がいいかもしれない。死んだ男は独り暮らしの会社員だ。通報されるのは、早くても明日以降だ。男が出社しないってことで、誰かがその部屋を訪ねていって、死体を見つけてからだろう。その頃にはあんたは自分の部屋でのんびりと祝杯を上げてるって寸法だ」

「ばれませんか？」

「どうしてばれる？」Aは、おどけたような声を出した。「ビクビクすることはない。警察が被害者の周辺をいくら調べたって、あんたの名前は出てこない。防犯カメラには注意したんだろ？」

「いわれたようにしました」

「指紋は残してないな」

「ずっと手袋を嵌めています」

「だったら問題ない。おかしな証拠を残さないよう注意して、その部屋を出るんだ」

いわれてみれば、Aのいう通りかもしれなかった。次第に気持ちが落ち着いてきた。

「あれはどうしましょうか。犯行日時を特定できる手がかりを残しておけ、という指示を受けているんですけど」

ここでもAは鼻を鳴らした。

「大きな手がかりがあるじゃないか。被害者の死体だ。マンションの防犯カメラを確認すれば、男がいつ帰宅したのかがまずわかる。おまけに今の科学捜査にかかれば、死後経過時間なんかも正確にはじきだせるから、犯行日時なんて簡単に絞れるさ」

「なるほど」

「余計な小細工はしないほうがいいんだ。わざとらしいのは禁物。わかったな」

わかりました、といって俺は電話を切った。さすがにAは場慣れしている。これまでにどれほどの修羅場をくぐってきたのだろうと怖くなるほどだった。

俺はテーブルの上に置いてあった紙袋を手に取り、周りを見回した。何か見落としたことはないか、確認したのだ。

最後に死体に目をやった。気の毒だが、仕方がない。殺したくて殺したわけじゃない。そもそも殺す気なんてなかった。どういう事情があったのかは知らないが、予定外の時刻に帰宅したのが悪いのだ。こっちは請け負った仕事を完遂しようとしただけだ。食っていくためには、何だってやる。

おや、と思ったのは、男が付けている腕時計を見た時だった。六時三十分を指している。

俺は自分の時計を見た。こちらは六時四十分になろうとしていた。男の時計は十分も遅れているのか。

さらに目を凝らして男の腕時計を見て、はっとした。カバーガラスに罅が入っているのだ。

もしやと思い、近づいてさらによく時計を見ると、秒針が止まっていた。先程の転倒の衝撃で、時計が壊れてしまったようだ。

ちょうどいい、おかげで犯行時刻がよりはっきりした、と思ったが、すぐに別の考えが頭に浮かんだ。

俺は、大昔に見たテレビドラマを思い出した。安っぽいストーリーの二時間サスペンスだ。その中で使われていたトリックが、まさに「壊れた時計」だった。殺人犯は犯行時刻を偽装するため、被害者の時計の針を、全く違う時刻に合わせてから壊すのだ。それを見て、俺は思った。時計なんて、そう簡単に壊れるものじゃない、壊れていたら、むしろトリックではないかと疑うのがふつうだろう、と。

わざとらしいのは禁物――Aの言葉が頭の中でリピートされた。

俺はおそるおそる男の手首から腕時計を外した。古い機械式の時計だった。やはり針は六時三十分で止まったままだ。振ったり叩いたりしてみたが、秒針が動きだす気配はない。

俺は思考を巡らせた。これをこのまま残しておいたら、警察はどう考えるか。犯行時にたまたま時計が壊れたので、その時刻を指しているだけ、と素直に考えてくれるだろうか。

いやあ、それはないよなあ、と思ってしまう。見れば見るほど、壊れた時計というのは胡散臭い。不自然さに満ち溢れている。Aがいうところの、「余計な小細工」に見えてしまうのだ。こんなものを残しておいたら、「いくつかの状況証拠は犯行時刻が六時三十分前後だと示しているが、それは犯人によるトリックではないか。実際の犯行時刻は違うのではないか」と警察が疑うように思えてくる。

頭が痛くなってきた。トリックではないのに、トリックだと疑われることを心配しなきゃいけないとは、なんて面倒臭い話だ。

結局俺は、壊れた時計をジャンパーのポケットに放り込んだ。残しておけないなら、持ち去るしかない。

立ち上がって紙袋を提げ、もう一度ぐるりと室内を見渡してから、玄関に向かった。入った時と同様、防犯カメラに注意しながらマンションを後にした。歩きながら自分の行動を振り返った。ミスはないはずだが、やはり腕時計のことは気になった。

4

　午後七時半、俺はAと約束した場所で落ち合った。マンションのそばにある公園だ。ケースから彫像を取り出すと、Aは満足そうに何度も首を縦に振った。

「これでいい。何もかも完璧だ。やっぱりあんたは俺が見込んだだけのことはある。仕事が確実で信頼できる」そういうと懐から大きめの封筒を出してきた。

　俺はそれを受け取り、中を確かめて息を呑んだ。一万円札がぎっしりと詰まっていた。所謂（いわゆる）、手の切れるような新券だった。

「その彫像って、そんなに価値の高いものなんですか」

　Aは彫像をケースに戻しながら、にやりと笑った。「余計なことは知らないほうがいい」

「あ……そうですね」

「お互いのためだ」

「わかっています。でもまさか、あんなことになってしまうとは。人殺しなんて……」

　Aは俺の肩をぽんと叩いた。

「運命だよ。あの男に運がなかった。ただ、それだけのことだ。気にする必要はない。早く忘れることだな」

「死体をあのままにしておいて、本当にいいんですか」

「いいんだよ。さっきも電話でいっただろ。警察がふつうに捜査している分には、あんたの名前なんかは出てこない。まずは顔見知りの犯行を疑うのが定石だ。こいつを欲しがっている依頼主にも当たるだろう」Aは紙袋を持ち上げた。「しかし依頼主は今夜、完璧なアリバイを用意している。万事、うまくいくというわけだ」

「警察は、正確な犯行時刻を割り出せるでしょうか」

俺の言葉にAは、のけぞってみせた。

「そこを心配してどうするんだ。余計なことさえしなきゃ、大丈夫だよ。警察を信用しろ」

余計なこと——俺はジャンパーのポケットを上から押さえ、あの時計の感触を確かめた。

「何だ、どうかしたか？」Aが訊いてきた。

時計のことを話すかどうか迷い、俺は黙って首を振った。ここで話しても仕方がないと思った。

「じゃあ、またな。いい仕事があったら紹介する。部屋の鍵は、適当に処分しておいてくれ」そういい残し、Aは足早に去っていった。

俺もゆっくりとその場を離れたが、胸にはもやもやとした思いが残ったままだった。

死体から腕時計を奪ったのは、本当に正解だったのだろうか。時計がなくなっていることに、警察はいずれ気づくに違いない。そのことで疑問を抱くのではないか。なぜ犯人は特に高級品でもない腕時計を持ち去ったのか、と。

そこまでならいい。問題は、そこから妙に想像を膨らませることなのだ。

時計を持ち去った、イコール、今回の事件は時刻が鍵になるのではないか、という具合に。当然、割り出される犯行時刻にも疑いの目を向けるかもしれない。何らかのトリックが仕組まれたのではないか、と。

考えれば考えるほど不安になってくる。

戻してこようか、と思った。腕時計を遺体の手首に付けてくるのだ。幸い、部屋の鍵はまだ持っている。今からなら間に合うだろう。俺はポケットから時計を取り出した。

いや、しかし――。

六時三十分を指したままの文字盤を見ると、やっぱり嘘っぽいよなあと思ってしまうのだった。犯行時刻を偽装しているようにしか見えない。こんなものを現場に残しておくわけにはいかないと改めて思った。

どうすべきか答えが見つからず、悶々としながら歩いていたら人にぶつかった。わあ、と叫んで相手が転びそうになった。俺は素早く腕を掴んだ。

相手は白髪の痩せた老人だった。すみません、と俺は謝った。

「ああ、いやいや、大丈夫」老人は穏やかな顔で手を振った。「こっちもよそ見をしていたものだから」

どうやら店のシャッターを下ろそうとしているところのようだった。すぐ横の店舗を見て、思わず目を剝いた。時計屋だったからだ。しかも近頃はあまり見かけなくなった、昔ながらの小売店だ。『電池交換すぐできます』という貼り紙は手書きだった。

俺の頭に閃(ひらめ)いたことがあった。

「どうかしましたかね」店主と思(おぼ)しき老人が尋ねてきた。

俺はポケットから例の時計を出した。「これ、修理できますか」

ぶつかってきた相手が突然客に早変わりしたせいか、老人は意外そうな様子で時計を受け取った。だが時計に目を落とすと、途端に職人の顔になり、しげしげと眺めた。

「どうかな。開けてみないとわからないな」そういいながら老人は時計を手に、店に入っていく。俺も後についていった。

小さな店内の隅にある作業台に向かい、老人は作業を始めた。レンズが二重になった眼鏡をかけ、器具を使って時計の裏蓋(うらぶた)を開けると、中を覗き込んだ。「ははあ、この部品が外れたんだな」独り言のように呟いた。

「直りそうですか」

「ああ、これならすぐに直るんじゃないかな」

老人は背中を丸め、本格的に修理に取りかかった。時計を固定し、両手で様々な道具を操る姿が頼もしく見えた。

間もなく老人は背筋を伸ばし、納得したように頷いた。「よし、これでいいだろう」

「直りましたか」

「一応はね。でも罅の入ったカバーガラスは、メーカーから取り寄せるしかない」

「針は動いてるんですね」

「動いてるよ」

「だったらカバーガラスは結構です。時間がないので」

カバーガラスに罅が入っていても、針が動くのならば問題ない。

「そうかね。じゃあ、このままで時刻を合わせておこう」老人は時計の裏蓋を閉めた。

代金を払い、店を出た。大急ぎで先程のマンションに向かった。

部屋に入る時には、さすがに緊張した。すでに遺体が見つかっているのでは、という不安が頭をよぎったのだ。だがそれなら警察が駆けつけているはずだ。

室内の様子は、俺が出た時のままだった。男の遺体は、最後に見た時と同じ格好で倒れている。

手袋を嵌めた手で男の左手に腕時計を装着した。時計の針は現在時刻――八時二十三分を示している。秒針の動きも力強い。

これで大丈夫。俺は安堵して、部屋を後にした。

5

事件が報じられたのは、犯行から四日後のことだった。テレビのニュース番組で流れたのだ。女性アナウンサーによれば、無断欠勤と電話が繋がらないことを不審に思った会社の同僚が被害者宅を訪ね、管理事務所に事情を話して部屋を開けてもらい、遺体を発見したらしい。防犯カメラの映像から被害者がその前日の夕方に帰宅したことはわかっており、室内を荒らされた形跡もあることなどから、警察は、帰宅した被害者が何者かに襲われた可能性が高い、との見解を示しているという。

よし、と俺はテレビの前でガッツポーズをした。報道内容を聞いたかぎりでは、警察は犯行時刻については疑問を持っていないようだ。これで依頼主のアリバイも生きてくる。Aも満足してくれるだろう。

俺は冷蔵庫から缶ビールを取ってくると、再びテレビの前で胡坐(あぐら)をかき、飲み始めた。思わず鼻歌が出てしまう。

ほかのチャンネルでもニュースをやっていないかとリモコンを操作した直後、ドアホンが安っぽいチャイム音を奏でた。人が訪ねてくる予定はないし、宅配便にも心当たりがない。どうせ何かのセールスだろうと思って無視していたら、どんどんどん、と乱暴にドアを叩かれた。しかも俺の名前を呼び始めた。

「いるんでしょう？　開けてくださいよ。大家さんから預かっているものがあるんです」聞き覚えのない男の声がいった。

大家といわれ、怪訝に思った。溜まっていた家賃は、昨日払ってある。

仕方なく、腰を上げた。ドアチェーンを繋いだまま、鍵を外してドアを開けた。

どうも、と愛想笑いを浮かべてきたのは、丸い顔をした中年の男だった。少し薄くなった髪を短く刈っている。灰色の背広姿で、両手で箱を抱えていた。

「おたくは？」

「だから大家さんの使いの者です。これを渡してくれって頼まれまして」

箱は大きくはなかったが、ドアの隙間から受け取れるほど小さくもなかった。俺は舌打ちし、一旦ドアを閉め、ドアチェーンを外してから改めてドアを開けた。

「いやいやいや、どうもどうも」そういいながら丸顔の男は入り込んできた。

「何だよ、勝手に入ってくるなよ」

「まあ、いいじゃないですか。はい、どうぞ」男は箱を差し出してきた。

箱を受け取ってみると、やけに軽い。その場で開けてみて、口をあんぐりと開けた。紙が一枚入っているだけだ。昨日払った家賃の領収書だった。

なぜこんなものを箱に、と思うと同時に嫌な予感がした。俺は男を睨みつけた。出ていってくれ、といおうとした。

だがその前に男は素早く何かを出してきた。「あなたにいくつか訊きたいことがあるんです。ちょっとよろしいですか」

男が出したのは、警察のバッジだった。

俺が言葉を出せずに立ち尽くしていると、刑事は俺の背後に目を向けた。

「おや、テレビを御覧になってたんですか。しかも昼間からビールを飲みながらとは優雅ですな。もしかして、ニュース番組をハシゴされてたのかな」

俺はくるりと身体の向きを変え、テレビのリモコンを手にしてスイッチを切った。それから改めて刑事と対峙した。「どういう用件ですか」

「だから、お尋ねしたいことがあるんですよ。まずはこれから」刑事は足元に落ちていた紙を拾った。さっきの領収書だ。いつの間にか落としていたらしい。「あなたは昨日、溜まっていた家賃を払ったそうですね」

「いけませんか」

「そんなことはありません。いいことです。ただ、どうやってお金を工面したのかなと思いましてね。だってあなた、ろくに働いてないでしょ？　それなのにあんな大金をぽんと出せるなんて、不思議に思うのが当然じゃないですか」

「……借りたんだ」

「ほほう、誰から？」

「誰だっていいだろう。プライバシーに関わることだ」

「あなたに金を貸したって、返ってくる見込みがない。それでも貸してくれるような、仏様みたいな人がいますかかねえ」

「うるさいな。ほっといてくれ」

ハエを払うように手を振りながら、俺は混乱しつつある頭で、この状況を分析しようとした。なぜ刑事がやってきたのか。溜まっていた家賃を突然支払ったことで、大家が怪しみ、警察に通報したのだろうか。しかしそれだけのことで刑事が訪ねてくるとは思えない。

「じゃあ、次の質問に移らせていただきます」刑事が背広の内ポケットに手を入れた。

「まだあるんですか」

「いくつかあるといったじゃないですか。これに見覚えはありませんか」そういって刑事は一枚の写真を見せた。

写真を見て、愕然とした。そこに写っているのは、あの彫像だった。

刑事は、にやりと口元を緩めた。「どうやら心当たりがあるようですね」

「いや、ない。ないない」俺は大きく手を横に振った。「そんなもの、見たことない」

「ほほう、そうなんですか。でも内心では、この像のことを詳しく知りたいんじゃないですか。一体どんな価値があるのか、とか」刑事は写真を俺のほうに向けたまま、こちらの顔を覗き込んできた。俺は無表情を貫いたつもりだったが、「やっぱり図星のようだ」と粘着質な口調でいった。

「何のことだか、さっぱりわからない」俺は首を振った。

「そうですか。じゃあ、ここから先は私の独り言だとでも思ってください。この像にはね、大変な値打ちがあるんです。ただし美術品としてじゃない。大切なのは素材です。これね、ただの白い石ではないんです。何だと思います？」

「知らない。俺には関係のないことだ」そういいながらも俺は刑事の話の続きが気になっていた。

「じつはこれは麻薬なんですよ。本来は白い粉末なんだけど、特殊な方法で、石のように固めてある。このままだと水に浸したって溶けたりしない。臭いもしないから、麻薬犬に嗅ぎつけられる心配もない。密輸を目論む者にとっては、まことに都合のいい代物です。先日、こいつが日本に持ち込まれたとの情報が警視庁に入りましてね、組織犯罪対策課が、持ち込んだ人物の割り出しに躍起になっていたんです。すると一昨日、ひょんなことから身元が判明しました。四日前に都内で殺人事件が起きているのですが、その被害者だったんですよ。我々捜査一課の刑事も、組織犯罪対策課の連中も、こいつは大きな手がかりを得られたと小躍りしました。ところが室内をくまなく調べても、問題のブツは出てこない。犯人が持ち去った、と考えるのが妥当なようです」

　俺は全身から冷や汗が吹き出すのを抑えられなかった。あの彫像は、そんな大変な品物だったのか。人が死んだと聞いても、Aが何でもないような顔をしていたはずだ。おそらく背後には大がかりな組織が絡んでいるに違いない。

「犯人は像の正体を知っていて、被害者の手元にあることを把握していた人間、ということになります。我々は有力な容疑者を何人かリストアップしたわけですが、残念ながら全員に完璧なアリバイがありました。それはもう不自然なほどに完璧なアリバイがね。犯行時刻は、四日前の、被害者が帰宅直後の夕方午後六時過ぎから八時の間とみられていますが、全員、遠方へ旅行に出ていたり、公の場で誰かと一緒だったりしています。そこで我々は別の可能性を疑うことになりました。首謀者は、この容疑者たちの中にいる、いやあるいは全員が何らかの形で関わっているのではないか。しかし実行犯は別にいる。それは容疑者たちとは全く無関係の、人間関係をどう辿っていっても行き着けない人物ではないか、と」

刑事の薄笑いから目をそらしながら、なぜだろう、と俺は考えていた。

なぜ警察は俺に目をつけたのだろう。何か手がかりを残しただろうか。防犯カメラには気をつけた。いや仮に顔を確認できたところで、俺が犯人だと特定できるわけがない。

「インターネットは犯罪の幅を広げてくれました」刑事はいった。「出会い系サイトが繋ぐのは、見ず知らずの男と女だけじゃない。全く面識のない犯罪者と犯罪者、犯罪者と犯罪予備軍、犯罪予備軍と犯罪予備軍、犯罪意識のない者と愉快犯――じつにいろいろな組み合わせの共犯関係を生み出してくれています。仲介者がいたりなんぞしたら、お手上げです。繋がりの見つけようがない」

　その通りのはずだ。Ａも、そういっていた。それなのに、どうして俺のところに来たのだ――それを訊きたくて仕方がなかった。

「人間関係から犯人を割り出せないとなると、刑事たちの仕事は途端に地味なものになります」丸顔の刑事は続けた。「近所の聞き込みだとか、現場に残された遺留品を調べるとかです。私に与えられた仕事は何だと思います？　被害者が帰宅するまでの足取りを追うことですよ。命令だから従いましたけど、正直、くさりましたね。だってそうでしょう？　犯行時刻は被害者の帰宅直後と判明しているんです。犯人は部屋で待ち伏せしていたか、あるいは室内を物色中に被害者と出くわしたかしたんでしょう。いずれにせよ、被害者が帰宅するまでどこで何をしていたかなんて、事件と関係あるはずがない。貧乏くじを引かされたと思いましたよ」

　刑事の微妙な表現に、俺は思わず上目遣いに窺ってしまう。結果的に貧乏くじではなかった、とこの男はいいたいようだ。それはなぜなのか。

「ところがね、時間が合わないんですよ。あの日、被害者は体調を崩して、予定よりも二時間以上も早く会社を出ました。具体的には午後五時三十分頃です。会社から自宅マンションまでは、どんなに急いでも四十分以上かかります。帰宅したのが午後六時二十分頃であることは防犯カメラが証明してくれています」

　刑事の言葉に、俺はさらに混乱した。五時半頃に出て、四十分以上かけて帰宅したなら、六時二十分頃に着くのは自然ではないか。

「時間が合わない、といったことに疑問を持っておられるようですね」俺の内心を見抜いたように刑事がいった。

　図星なので黙っていると、刑事はにやりと笑った。

「会社から真っ直ぐに帰宅したなら、時間は合います。でもそんなはずはないんです。被害者は、帰宅する前に寄り道をしたはずでした。寄り道をした形跡はあるのに、その時間がない。だから我々は悩んだんです。結果、予定外の聞き込みをすることになりました」

「聞き込みって、どこに？」

　その問いを待っていた、とばかりに刑事は大きく胸を反らせた。

「時計屋です。具体的には、古い機械時計を修理してくれる店です。被害者と時計の写真を持って、何軒も回りましたよ」

　後頭部を殴られたような衝撃があり、俺は腰から砕けていた。それで初めて、今まで自分が立っていたことに気づいた。

「なぜ時計屋に？」尋ねる声が弱々しくなった。

だって、と刑事はいった。「時計が直っていたからです」

意味がわからず、俺は黙ったままで目を泳がせた。

「あの日、被害者は一日中ぼやいていたそうですよ。早朝、ランニング中に転んだ拍子に時計を壊してしまった、どこかで修理するつもりで付けてきたけれど、やっぱり不便で仕方がないとかいって。退社するまで時計が壊れたままだったことは、何人もが証言しています。ところがね、じつに不思議なことに、遺体が発見された時、腕時計は動いていたんですよ。何かの弾みで、たまたま動いたんではありません。だって正確な時刻を示していましたからね。考えられることは一つ。時計は修理されていた。問題は、いつ時計屋に持っていったかです。持っていったのは被害者だとしか考えられなかったから、時間的矛盾に我々は悩んだわけです。でも、その矛盾は一軒の時計屋の話で解決しました。じつは被害者とは全く別の人物が、壊れた時計を持ち込んでいたのです」

刑事の話が、俺の頭の中を空しく通過していった。思考が完全に停止しているのを自覚しつつ、壊れた時計の文字盤を思い出していた。六時三十分――あれは早朝の時刻を指していたのか。

「時計屋の店主は、その客のことをよく覚えていました」刑事は楽しい思い出話を語るようにいった。「久しぶりに機械時計を触れて嬉しかったと喜んでいましたよ。しかもその客は、新札の一万円札で支払ったそうです。その札はまだ残っているかと訊いたら、残っているとのことでした。もちろん、捜査協力をお願いして持ち帰らせていただきました。正真正銘の新札でしたから、鑑識で調べてもらったところ、指紋はくっきりと残っていました。思わぬ形で大きな証拠が手に入ったわけです。交通違反で採取したものなんかも含めて、今は簡単に照合できますからね。誰が使ったかなんて、すぐにわかります」

時計屋で代金を支払う時、Aから受け取った封筒から一万円札を出したことを俺は思い出した。

「まあ、そういうわけで」刑事は懐からもう一枚写真を出してきた。俺の顔写真だった。運転免許証に貼られているものだ。「時計を持ち込んだのは、この写真の人物だと判明しました。事件のあったマンションの防犯カメラを調べたところ、似た人物が何度か通過しています。となれば、本人の話を聞かないわけにはいかない。それでこうしてお伺いした次第です。御足労ですが、署まで同行願えますかね」

俺は動けず、返事もできなかった。ただ、ぼんやりと虚空を見つめていた。すると刑事が続けていった。

「でもね、どうしてもわからないんですよ。いくつか訊きたいことがあるといいましたが、本当に知りたいのは一つだけです」刑事は人差し指を立てた。「あなた、どうしてあの時計を修理しようと思ったんですか。それをまず、私にだけ話してもらえませんか」

俺は、刑事の顔を見上げた。刑事の目は好奇の光で満ちていた。

なぜ壊れた時計を修理しようとしたか——何といって説明したらいいだろうとぼんやり考えた。

サファイアの奇跡

1

未玖(みく)は昔、自分たちは小さな町に住んでいると思っていた。買い物は近所で済ませられるし、学校まで徒歩十分もかからない。友達の家だって、簡単に行き来できる。町を歩けば、知っている人に声をかけられないことのほうが少ない。

しかし五年生になり、それは単に自分の行動範囲が狭かっただけだと気づくようになった。ほんの少し足を延ばすだけで、それまで見たこともなかった世界に出会えると知った。たとえばそれは大きなオフィスビルだったり、入り口にお洒落な装飾が施されたレストランだったりした。何を扱っているのかまるでわからない店もあった。

意外な場所に神社があることを知ったのも、五年生になってからだ。学校の帰り道、ほんの気まぐれで、いつもと違う寄り道を選んだ。車が激しく行き交う幹線道路を少し外れただけなのに、その道は閑散としていて、まるで時間が止まっているようだった。古い民家が並び、小さな商店がちらほらと点在していた。しかしそれらの店の殆(ほとん)どはシャッターが閉じられたままだった。

それらの家の隙間を埋めるように、その神社はあった。小さな石の階段があり、上っていくと賽銭箱が置かれている。太い縄を振ると、頭上で鈴ががらんがらんと音をたてた。

「お金持ちになれますように」小さい声だが、口に出して願いを唱えた。

未玖の家は裕福とはいえなかった。父親を事故で亡くしており、母親が昼はスーパーマーケットで、夜は居酒屋で働きながら生活を支えてくれていた。高価な玩具などほしがるわけにはいかない。お金のかかる遊びに付き合うのも御法度だ。だから放課後も一人でいることが多い。ほかの子供たちのことが羨ましくなるからだ。

お金持ちになれたらいいな、といつも願っている。贅沢がしたいわけではない。いつも疲れた様子の母親に、少しでも楽をさせてやりたいのだ。

賽銭箱の先に向かって祈った。賽銭は一円も入れなかったけれど。

ただそれだけだったなら、その後未玖が毎日のようにこの神社に通うことはなかっただろう。しかし神社を出ようと小さな鳥居をくぐりかけた時、彼に気づいた。

彼は神社を囲っている石段の上にいた。両手両足を身体の下に隠す、猫が得意とする所謂香箱座り（いわゆるこうばこ）というやつだ。あたかも哲学的な難問を考えているような思慮深い顔つきで、薄く目を閉じていた。

薄茶色の縞柄だ。額にだけ少し濃い茶色が幾筋か入っている。未玖は近づいてみた。逃げるかなと思ったが、彼は動かなかった。ただ、ちらりと彼女のほうに目を向けた。何か用？——と尋ねられたような気がした。

未玖は手を伸ばし、身体を撫でた。毛は柔らかく、新品の筆のようだった。彼は、ぐるぐると喉を鳴らした。喜んでくれているのだとわかり、ほっとした。

やがて彼は立ち上がり、未玖のほうを向いた。そして彼女の手をぺろぺろと舐めた後、クーッと鳴いた。ニャーでもニャンでもなく、クーッと。

腹へってんだよ、といわれたような気がした。

未玖はランドセルを開けた。給食のパンを入れていたことを思い出したからだ。それをちぎり、彼の鼻先に近づけてみた。彼は、ぷいと横を向いた。何だよ、それ、もっとましなものはないのかよ、とでもいうように。

ごめん、と未玖は声に出して謝った。「明日は、何か持ってくるから」

彼は鼻をぴくつかせた。未玖はそれを、期待してるよ、と解釈した。

翌日の放課後、家に帰ると冷蔵庫の中を覗いた。猫が好きそうなものといえば何だろう。梅干し、お漬け物、らっきょう、生卵——こんなものを食べるわけがない。

と思っていたら、チーズかまぼこが目についた。一本抜いて、ポケットに忍ばせた。

冷蔵庫にはほかにめぼしいものがなかったので、お菓子の入っている棚を調べた。クッキーとマシュマロがあったので、それもポケットに入れた。マシュマロは、未玖自身が食べたかったのだ。

ポケットを膨らませ、神社に行ってみた。昨日のところに猫はいなかった。仕方なく、鈴をがらんがらんと鳴らしてから階段を下りていると、木の茂みの間からのっそりと彼が現れ、じろりと未玖を見上げてきた。

おまえか、また来たのか、といっているように見えた。

未玖はしゃがみこみ、ポケットからチーズかまぼこを出し、ビニールを剝いた。小さくちぎって猫の前に置くと、彼は用心深そうに匂いを嗅いだ後、ぺろぺろと舐めた。だが口に入れようとはしない。

「どうして食べないの？」

未玖が訊いても猫は無反応だ。チーズかまぼこを前にし、例の哲学者のような表情で香箱座りをした。

「じゃあ、こっちはどう？」

今度はクッキーを置いた。しかしこちらは鼻を少し近づけただけで、舐めようともしなかった。好みではないらしい。

そばの石段に腰を下ろし、未玖はマシュマロの袋をポケットから出した。一つを口に入れ、遠くに目をやった。夕焼け空が奇麗だった。

ジーンズの膝に何かが触れる感覚があり、ぎくりとした。見ると、いつの間にか猫が近寄ってきていて、彼女の膝に前脚を置いているのだった。身体と首をいっぱいまで伸ばし、マシュマロの袋に鼻をくっつけようとしている。

「えっ、これ？」

未玖は袋からマシュマロを出し、猫の鼻先に近づけた。すると彼はぺろりと舐めた後、躊躇(ためら)いなく、ぱくりと齧(かじ)った。もぐもぐと咀嚼して呑み込んだ後、二口目に入った。それを何度か繰り返し、マシュマロはすべて彼の胃袋に消えた。だが彼はまだ満足していない様子で、袋を鼻で突(つつ)いている。未玖は、もう一つマシュマロを出した。

二つ目のマシュマロを平らげると、満足したのか、猫は未玖の膝の上に乗り、そのまま丸くなった。まるで、さっさと撫でろといわんばかりだ。

未玖は彼の身体を撫でた。するとぐるぐると喉を鳴らす音が聞こえた。そうしていると未玖の心も安らいだ。

その日から学校帰りに神社に寄るのが日課になった。学校にお菓子を持っていくことは禁じられているが、こっそりとマシュマロの袋をランドセルの中に忍ばせていた。

未玖は猫に、イナリという名前をつけた。色が稲荷寿司にそっくりだからだ。神社の名称に稲荷という文字が入っているのも理由の一つだ。

イナリには首輪もつけることにした。野良猫のままではいつか保健所に連れていかれるような気がしたからだ。百円ショップで買ったピンクのベルトで首輪を作り、首に巻いてやった。イナリの薄茶色にピンク色は、案外よく似合うのだった。

未玖はイナリといろいろな話をした。主な話題は将来の夢だ。未玖の夢は美容師になることだった。様々な人の髪を、その人が一番素敵に見えるようにカットし、色を付け、時にはパーマをかけてセットするのだ。店を出ていく時には、別人に見えるぐらいに。そして彼等は未玖に感謝の言葉をかけてくれる。想像するだけで胸が弾んだ。

もちろん声に出して話すわけではない。イナリの身体を撫でながら、心の中で囁くのだ。すると不思議なことに、イナリの返す言葉が聞こえてくるような気がする。

そいつはなかなか良い夢だね。

でもそのためには勉強しなきゃな。算数が苦手、なんていってられないよ。算数なんて美容師には関係ない？　そんなことはない。釣り銭を間違えたら大変だろうが。それにやっぱり高校ぐらいは出ておかないとな。高校に入るには算数だって必要だ。いや、中学に上がったら数学っていうんだっけか。

イナリとの時間は、未玖にとって何にも代えがたい貴重なものだった。どんなに辛いことがあっても、イナリと一緒にいれば心が癒やされた。

ところが――。

そのイナリがいなくなった。いつものように学校帰りに神社へ行き、いつものように太い縄を振って鈴を鳴らした。しかしそれを合図に現れるはずのイナリが、いつまでたっても未玖の前に姿を見せなかった。

おかしいなと思いつつ、その日は家に帰った。だが翌日の放課後、神社に行って捜してみたが、やはりイナリはいなかった。次の日も、その次の日もイナリに会えなかった。

神社には小さな社務所がついていて、人がいたりいなかったりした。未玖は言葉を交わしたことがなかったが、思い切って、そこにいた人に訊いてみた。相手は白髪頭のおじさんだった。

「ああ、そういえばあの猫、このところ見ないね」おじさんはイナリの存在は認識していたようだ。

「どこへ行ったか知りませんか」

未玖の問いにおじさんは苦笑を浮かべた。

「さあねえ、野良猫のことだから、どこか別のところに根城を移したんじゃないの」

そんなはずはない、と未玖は思った。イナリが勝手にどこかへ行くなんてことはない。少なくともあたしに無断では――。

だがその後もイナリの姿を見ることはなかった。次第に未玖も神社へは足を運ばなくなった。

そんなふうにして二週間ほどが経った頃だ。学校からの帰り道、幹線道路沿いの歩道を歩いていた未玖の目に、見覚えのあるものが飛び込んできた。

ガードレールの支柱の一つに、ピンクのベルトがくくりつけられていたのだ。駆け寄り、たしかめた。間違いなかった。イナリに付けてやった首輪だ。未玖の手作りなのだから、見間違えようがなかった。

どういうこと？　どういうこと？

混乱する頭で何が起きたのかを考えた。すぐに答えは見つかったが、それを受け入れることを頭が拒否していた。

首輪がくくりつけられていたガードレールの下には、花が置かれていたのだ。

2

道端に花が手向けられているのはどういう意味か、未玖だってわかっている。何らかの原因で、そこで命を落とした人がいたということだ。いや、人とはかぎらない。とにかく誰かの命が失われたのだ。

未玖の日課は神社に通うことから、首輪がくくりつけられているガードレールを見張ることになった。誰が花を置いたのかを確かめるためだ。未玖が見つけた時、花は真新しかった。もしかすると定期的に供えている人がいるのではないかと思ったのだ。幸い近くに小さな公園があり、そこから問題のガードレールを眺められるのだった。

とはいえ二十四時間見張っているわけにはいかない。学校帰りに一時間ほど、ベンチに座って本を読むふりなどをしながら様子を窺うだけだ。こんなことをしてもたぶん無駄だろう、花を供えた人物など見つけられないだろう、と自分でも思っていた。単なる気休めにすぎないのだ。

しかし見張りを始めて一週間が経った日、予想外のことが起きた。公園のそばに一台の軽トラックが止まり、中から身体の大きい運転手が降りてきた。彼は小さな花束を手にしていて、放置されていた枯れた花を取り除き、代わりにそれを地面に置いたのだった。そして何かを祈るように顔の前で手刀を切ると、踵を返してトラックに乗り込んだ。

未玖は驚いて立ち上がった。間違いない。この運転手がイナリの首輪を、あのガードレールにくくりつけたのだ。

彼女は駆け出した。軽トラックのエンジンがかかる音が聞こえた。ここで見失ったら、もう二度と会えないかもしれない。

動き始めた軽トラックの後を、未玖は懸命に追いかけた。待って、待ってえ、大声で呼びかけ、手を振った。

やがて軽トラックが速度を緩めた。道路の端に寄って停止すると、運転席のドアが開いた。短髪の、四角い顔をした男性が怪訝そうに顔を覗かせた。「なんだ？　どうした？」

未玖は駆け寄り、息を弾ませながら訊いた。「あの花、何ですか？　あそこで何があったんですか」

運転手は眉間に皺を寄せた。「どうしてそんなことを訊くんだ？」

だって、と未玖はいった。「イナリの首輪が……」

「イナリ？」

「猫です」

運転手の目が、はっとしたように見開かれた。「おたくの猫だったのか」

「うちのじゃないけど、仲良くしていたから……」

そうか、と運転手は呟いた。そして軽トラックのエンジンを切り、降りてきた。

スピードを出し過ぎていたわけでも脇見をしていたわけでもない、と運転手はいった。

「ふつうに走ってたんだ。そうしたら急にあの猫が前を横切って……。よけることなんてできなかった。あわててブレーキを踏んだけど、ぼんっと当たる感触が……感触っていうのはおかしいかな、とにかくそういう手応えがあったわけだよ。降りてみたら、あの猫が倒れてた。ぐったりして、全然動かなかった。どうしようかと思ったけど、ほうっておくわけにもいかないだろ？　スマホで調べたら、すぐ近くに動物病院があったんで、そこへ連れていった。でも、やっぱりだめだったんだよ。内臓がどうにかなってて、もう助けられないってさ。遺体は病院で処理してくれるってことだから、あの首輪だけ受け取って帰った。でも、どうにも後味が悪くてさ、ああやって花を手向けてるってわけだ」

話を聞いているうちに未玖は泣けてきた。やはりイナリは死んでしまったのだ。運転手はイナリを連れていった病院を教えてくれた。たしかに近くだが、歩いて行けるほどではない。

「何なら、これから乗せていってやろうか」運転手がいった。「どうせ通り道だし」

知らない人についていってはいけない、車に乗ってはならない、と小さい時から教えられている。しかし未玖は頷いていた。轢いた猫のことが気になって花を手向ける人に、悪い人はいないと思った。

運転手に案内された先は、白くて大きな建物だった。未玖は小さな町医者を想像していたので意外だった。

乗りかかった船だ、といって運転手は未玖と一緒に車から降り、病院の受付で何やら話し始めた。先日連れてきた猫が最終的にどうなったのか、確かめてくれているようだ。やはり悪い人ではなかった。避けられない事故だったというのも、たぶん嘘ではないだろう。

待合室は広く、数名の人がいた。皆、犬や猫を連れていた。よくしつけられているらしく、どのペットもおとなしくしている。あるいは何らかの病気や怪我を抱えているから元気がないだけなのか。いずれにせよ、生きているだけましだ、と未玖は思った。イナリはもうこの世にいない。戻ってくることはない。

イナリ、と心で呼びかけた。あの柔らかい毛に触れることはもうないのかと思うと、たまらなく悲しくなった。

イナリ――。

その時だった。未玖の心に、ふっと何かが入ってくる気配があった。それは囁き声のようであり、懐かしい匂いのようであり、暖かい風のようでもあった。彼女は顔を上げ、周囲を見回した。

診察室に向かうドアのほかに、もう一つ別のドアがあり、看護室と表示されていた。そこから夫婦らしき二人の男女が出てくるところだった。出入りは自由のようだ。

未玖は立ち上がった。何かの気配は、そこから発せられているように感じたからだ。

中に入ってみると、たくさんのケージが並んでいて、入院中と思われる犬や猫がうずくまっていた。狭い空間に閉じ込められている様子はかわいそうだった。未玖の姿を見て、ポメラニアンが弱々しく尻尾を振った。

奥にもう一つドアがあった。関係者以外立入禁止の張り紙がしてある。だが未玖はドアから目を離せなかった。彼女の心を騒がせているものの正体が、その向こうにあると思われてならなかった。

唾を呑み込み、ドアノブを捻った。鍵はかかっておらず、ドアは抵抗なく開いた。

薄暗い廊下が延びていた。未玖は、おそるおそる歩を進めた。胸騒ぎが高まる一方だ。

だが足は止まらなかった。

廊下の奥に、またケージらしきものがあった。こちらはずいぶんと大きい。特殊な動物を入れておくためのものか。

だが中にいたのは、一匹の猫だった。長毛種で、体格は中ぐらいだ。ケージの中央に座り、じっとしている。

未玖は目を見張った。その猫は、明らかにほかの猫とは違う特徴を備えていたからだ。

いや、それだけではない——。

次の瞬間、ぐっと肩を摑まれ、悲鳴をあげそうになった。声を出せなかったのは、恐怖と驚きが大きすぎたからだ。振り向くと、白衣を着た男性が立っていた。

「何をしている？」

男性に訊かれたが、未玖は返事ができなかった。口をぱくぱく動かすだけだ。

男性はケージの前にあったカーテンをさっと閉じた。そして低い声でいった。「この猫のことは誰にも話さないように」

わかったね、と彼は念を押し、未玖の顔を覗きこんできた。彼女は声を出せないまま、二度深く頷いた。

男性に背中を押されるようにして、未玖はその場を離れた。先程の看護室に戻ると、男性は立入禁止の張り紙があるドアに鍵をかけた。

待合室では軽トラックの運転手が彼女を探していたようだ。どこに行ってたんだよ、と少し怒った声でいった。

「ごめんなさい、入院中のペットを見てたの」

「そうだったのか。声ぐらいかけてくれりゃいいのに」そういってから運転手は声を落として続けた。「例の猫だけど、やっぱり助からなかったようだ。遺体は業者に頼んで火葬してもらったらしい。遺骨がどうなったかはわからないってさ」

「そう……」

「悪いけど、俺にできるのはここまでだ。家はどこだ？　送っていくよ」

未玖は首を振り、自分で帰れると答えた。それからもう一度看護室のほうを見た。

先程の白衣の男性がドアの前に立っていた。彼は未玖に冷たい視線を向けていたが、すっと顔をそむけてドアを開けると、そのまま室内に姿を消した。

3

大きな籠の中を眺め、仁科(にしな)はため息をついた。生まれたばかりの赤ちゃん猫五匹が、おしあいへしあいしながら、タバサのおっぱいを奪い合っている。誰が見てもかわいいと感じる光景だが、仁科の心は晴れなかった。

タバサは雌のチンチラシルバーだ。血統はたしかで、毛並みもいい。今回生まれた子猫は、白が三匹で、グレーが二匹。いずれもそれなりに容姿がいいから、探せば飼い主は見つけられるかもしれない。

「しかし、もう限界だよなあ」思わず呟いた。

隣のソファで編み物をしていた妻が苦笑した。「ようやく諦める気になったみたいね」

「あと一回だけ、挑戦したいっていう気もするんだが」

「だめですよ。子猫の世話をするのがどれだけ大変だと思ってるの。引き取り手を見つけるのだって大変なんだから」

「わかってるよ、それは。苦労をかけてると思ってる」仁科は今年六十六歳になった妻のほうを振り返った。彼女の隣では、シルバーグレーの猫が寝ている。前回のタバサの出産で生まれた子だが、とうとう引き取り手が見つからず、自分たちが飼うことになったのだ。

でもなあ、と仁科は未練がましくいう。「次あたり、うまくいきそうな気がするんだ」

「いけませんよ」妻は手を止め、ぴしゃりといった。「これまでに何匹、生まれたかわかってるの？」

仁科は顔をしかめた。

「それはわかってる。私だって、数えてないわけじゃない」

「前回までで十四。今回が五匹だったから合わせて十五匹。何度もいうようだけど、もし今回七匹生まれたらどうしようって、ずっと心配してたんだから」

「だからその心配はないといったじゃないか。タバサの身体で七匹出産することはない。事実、五匹で済んだ」

「たまたま運がよかっただけじゃないの？　とにかく、これでもうおしまい。今度妊娠したら、一匹で済むわけがありませんからね」

「でも所詮は単なるジンクスだろ。怖がることはないと思うんだが」

「何をいってるの。そう思ってルールを破った人たちは例外なく呪われたってことを知らないわけじゃないでしょう？」

「それはもちろん知ってるが……」

「諦めてください」妻は強い口調でいい、編み物を再開した。「どうしても続けるというのなら、私と別れてからにしてください。呪いに巻き込まれたくありませんから」

仁科は口元を曲げ、薄くなった頭に手をやった。

「わかったよ。しかしそうすると、父親のことはどうする？　うちに置いておくわけにはいかんだろう」

「私はどちらでもいいですよ。でも飼い続けるなら去勢しないと」

「あるいは、どこかのブリーダーに譲るか、だな」

「引き取り手、あるかしら」妻は手を動かしながら首を傾げた。「プロのブリーダーたちの間では、『サファイアの奇跡』は起きない、というのが定説になっているらしいですから」

「ペットとして貰ってくれる人はおらんかな。飼ってるというだけで自慢になると思うんだが」

「二年前ならともかく、今はねえ……。私は、うちで余生を送らせてやるのが一番いいと思いますけどね。これまで何人もの飼い主のもとを転々としてきたのだから、そろそろ落ち着かせてやらないと」

「去勢してか」

「それはもちろん」妻は大きく頷く。「呪われたくありませんから」

仁科は、どっこいしょと腰を上げた。

「どちらに？」

「王様の様子を見てくる」

居間を出て、隣の部屋の前に立った。ドアには猫が通れるような小さな出入り口が作られている。ここだけではない。この家のすべてのドアがそうなのだ。定年退職後に趣味で猫のブリーダーを始めた時、そのように改造した。

だがブリーダーもそろそろ潮時だなと考えている。いやじつはもう何年も前にやめようと思った。体力的にきついからだ。しかし一匹の猫との出会いが、その考えを変えさせた。この猫で最後にもう一花咲かせたいと思ったのだ。

ドアを開け、中に入った。庭に面した洋室だ。広い出窓が付いている。そこがお気に入りだから、ここが王様の部屋ということになった。

そしていつものように彼はそこにいた。庭のほうを向き、悠然と座っている。日の光を受け、長い毛が輝いている。

淡いブルーに――。

初めてここへ来た時には、もっと鮮やかなブルーだった。二年前ならともかく、と妻がいったのも頷ける。最近になり、めっきり色が薄くなってきた。

雄のペルシャ猫だ。名前はサファイアという。由来は無論、その毛の色だ。ロシアンブルーという猫種がいるが、毛色は単なるグレーでお世辞にも青色とはいえない。だがサファイアの毛は、完全なるブルーだった。初めて見た者は必ずいう。染めているだけではないのか、と。しかしそうでないことは、しばらく飼ってみればわかる。新たに生えてくる毛が、目にも鮮やかな青色をしているのだ。

出自について詳細なことはわかっていない。イタリアの富豪が飼っていたが、事業に失敗して飼い主も自殺したため、オークションにかけられたのを日本の実業家が落札した、というのが一番古い記録だ。

だがその実業家も急死してしまう。家族旅行に出かけた先で、乗っていた船が沈没したのだ。サファイアは、彼の子供である六匹の子猫と共に家に残されていたので無事だった。

そう、実業家はサファイアの子孫を作ろうとしていたのだ。その気持ちは理解できる。青い毛を持つ種族を増やせれば、ペットビジネスに革命を起こせることは確実だった。サファイアの身柄は、次なる飼い主のもとへと移された。その飼い主もまた、青いペルシャ猫の繁殖を目論んだ。しかし何度トライしても、生まれてくる子猫は平凡な毛色しか持っていなかった。

そして――。

その飼い主も亡くなったのだった。山道を運転していて、ハンドルを切り損ねて転落事故を起こしたのだ。原因はわからない。操作ミスとしか考えられなかった。

サファイアがその飼い主に飼われてから一年が経っていた。事故が起きたのは、サファイアの十七匹目の子供が生まれてから三日後のことだった。飼い主は繁殖のために三匹の雌のペルシャ猫を取得していた。残念ながらどの雌猫も、青い毛の猫を産んではいなかった。

神秘的な魅力を持つ青いペルシャ猫は、その後も何人かの手に渡った。好事家もいれば、プロのブリーダーもいた。いずれにせよ彼等の目的は、世にも珍しい青い色の毛を持つ血統を生み出すことだった。その夢はいつしか「サファイアの奇跡」と呼ばれるようになった。だが多くの人間が挑戦し、敗れ去った。ただ挫折するだけならいい。重大なのは、必ずといっていいほど飼い主が命を落としていることだ。やがて、ひとつのジンクスが語られるようになった。

「サファイアの子供を作るなら十六匹まで。十七匹目の子猫が生まれると、それから数日以内に死が訪れる」

なぜ十七匹なのかはわからない。だが一つだけ説がある。ペルシャ猫の起源は、十六世紀にイタリアに渡ってきた長毛種の猫だといわれている。そしてイタリアでは十七は不吉な数字だとされている。十七はローマ数字にすると、「XVII」で、「VIXI」と並べ替えられる。これは「私は生きる」という意味のラテン語の「VIVO」の過去形で「生きていた」、つまり「今は死んでいる」となるかららしい。

ふつうジンクスというのは、いい加減なものだ。だが「サファイアの呪い」には確固たる裏付けがあった。飼い主たちが命を落とした状況は、この条件にぴたりと当てはまっていた。命を落とさなかった飼い主はすべて、十七匹目を作る前にサファイアを手放していたのだ。

サファイアが仁科のところへ来たのは二年前だ。ブリーダー仲間が繁殖に挑戦し、やはりうまくいかずに断念したということなので譲り受けた。仁科のもとには健康な雌ペルシャのタバサがいた。銀色の毛は、時には青っぽく見えることもある。彼女なら奇跡を起こせるのでは、と思ったのだ。

しかし夢は叶わなかった。タバサが産んだ十五匹の子猫は、すべてノーマルなペルシャ猫だった。もちろん彼女のせいではない。

仁科は手を伸ばし、サファイアの背中を撫でようとした。だが指が触れかけたところで青い毛の王様は首をあげてじろりと睨み、うーと低く唸った。気安く触るな、とでもいわんばかりだ。こういう時に強引に触ろうとすると、嚙みつかれたりする。

観賞用としてはともかく、この猫は愛玩用としてはまったく不向きだった。前の飼い主からも、「こいつは人になつきませんよ」といわれた。抱こうとしたら逃げるし、膝の上に乗せることなど不可能だ。餌にしても、皿に入れられたものしか食べない。人間が手で食べさせようとすると、敵意丸出しで唸り声をあげる。

それについては、二つの説がある。一つは、以前の飼い主に義理立てしているのではないか、というものだ。例の水死した実業家の家ではとてもよくなついていた、といわれているからだ。実際、飼い主の膝で気持ちよさそうにしている写真が残っている。

もう一つは病気が原因ではないかという説だ。サファイアにはかつて深刻な持病があり、長生きはできないといわれていたらしい。その病気は何とか克服したが、治療の影響で性格が変わってしまったのではないかといわれているのだ。

真偽のほどはわからない。サファイアが仁科のところへ来た時、すでになつかなくなっていたのは事実だった。

4

仁科にはよく利用する動物病院があった。院長とは二十年来の付き合いだ。サファイアの去勢手術について相談するため、出かけていった。ケージの中にはサファイアがいる。おとなしく入ってくれるわけがなく、妻と二人で力ずくで閉じ込めた。どちらも革の手袋を嵌めていた。噛みつかれるからだ。

病院に行くと改装されていて、隣にペットの美容室ができていた。待合室が共通で、中の様子を眺められる。トリマーと思しき若い女性が、大きな犬の毛をカットしていた。

「そうですか。やはり断念することになりましたか」体格のいい助手の力を借りてサファイアの血液を採取した後、白髪頭の院長はしみじみとした口調でいった。「青い色の子猫、見てみたかったんだけどなあ」

「奇跡というのは、そう簡単には起きないということなんでしょうなあ」仁科はケージの中を見た。

「あれはどうなんですか。クローンを作るというのは。子孫ではないけれど、増やすという点では同じじゃないですか」

仁科はげんなりした顔で手を振った。

「以前、トライした人がいたそうです。ものすごいお金をかけてね。ところが生まれたのは、ただの白い猫だったんです。遺伝子は同じでも、色が同じになるとはかぎらないらしいです。世界初のクローン猫も、三毛猫の遺伝子を受け継いでいるはずなのに色は二色だったとか」

「そうなんですか。なるほど、たしかに簡単には奇跡は起きないらしい」院長は肩をすくめた。

血液検査の結果を見てから手術のタイミングを決めましょうといわれ、仁科は診察室を後にした。待合室で名前を呼ばれるのを待っていると、隣の美容室から若い娘が出てきた。まだ二十歳にはなっていないだろう。ジーンズにトレーナーという出で立ちだった。

彼女は仁科の前を通り過ぎかけたところで足を止め、傍らに置いてあったケージを覗き込んだ。驚いたように目を見張っている。

「珍しいでしょう、青い猫。いっておくけど、染めているわけではないからね」

だが仁科の声が耳に入ってないかのように、娘は真剣な表情でケージの中を見つめている。少し呼吸が荒くなっているのがわかった。そして小さく、イナリ、と呟いた。

「えっ？」

あの、と彼女は仁科のほうを向いた。「ちょっと抱かせてもらってもいいですか」

「いや、それはやめておいたほうがいいと思う。こいつはかなり厄介でね、人になつかないというか凶暴というか……」

「でも抱きたいんです。抱かせてください」娘は頭を下げた。

「困ったな。私はいいんだけど、嚙まれるかもしれないよ。それに一度ケージから出したら、入れるのが大変でね」

「その時は手伝います。お願いします」

ここまで熱心に頼み込まれると、どうしてもだめだとはいえなくなった。相手は動物を扱いなれている。まあいいか、という気になった。

「じゃあ少しだけ。触る時には気をつけて」

はい、と答えて彼女はケージの透明扉を開けた。さらに躊躇う様子もなく、両手を中に入れた。すぐにサファイアが暴れ、彼女の手を嚙むんじゃないかと仁科はひやひやした。

しかしそうはならなかった。

娘に抱きかかえられた状態で、サファイアはおとなしくしていた。彼女は隣の椅子に座り、膝の上にサファイアを乗せた。それでもサファイアは全く暴れようとしない。それどころか、彼女が背中を撫でると、ぐるぐると喉を鳴らし始めたのだ。

「信じられん」仁科は唸った。「いくら動物を扱うプロだといっても、こいつをここまで手なずけられるとは……」

娘は何かを思いついたように顔を上げた。そして、「もう少しここにいらっしゃいますか」と仁科に訊いてきた。

「ああ、まあ、別に急いではいないからね」

「ちょっと待っていてください」そういうと彼女は、サファイアを椅子に座らせた。そして、「おとなしくしてるのよ」といって急ぎ足で去っていった。

これまた驚きだった。彼女にいわれた通り、サファイアは椅子の上で行儀よく座っているのだ。彼女が立ち去った方向を、じっと見つめている。

どういうことだと思い、仁科は手を伸ばしてみた。だが背中の毛に触れたところでサファイアは振り返り、シャーッと威嚇してきた。今にも噛みついてきそうで、あわてて手を引っ込めた。

先程の娘が戻ってきた。手に白い袋を持っている。すると何かを察したかのように、今までおとなしく座っていたサファイアが椅子の上で立ち上がった。さらには、クーッと鳴いた。仁科が今までに聞いたことのない、甘えるようなかわいい声だった。

娘が袋から何か出してきた。マシュマロだった。それをサファイアの顔に近づけた。

さらに信じがたいことが起きた。サファイアが首を伸ばして匂いを嗅いだかと思うと、ぱくりと囓りついたのだ。それだけではない。何度も何度も繰り返し、ついには一つのマシュマロを平らげてしまった。

ありえない、と仁科はいった。

「マシュマロを食べるのも驚きだが、何よりも人が手で差し出したものに食いつくとは。お嬢さん、あんたどんな魔法を使ったんだ」

だが彼女は答えなかった。そのかわり、彼女の目の周りがみるみるうちに赤くなっていった。

「ああ、やっぱりそうだったんだ。イナリだよね。やっぱりあなたはイナリだったんだよね」そういうと感極まったように涙を流し、サファイアを抱きしめた。青い王様猫は、ここでも暴れたりしない。それどころか、彼女の頬をぺろぺろと舐め始めた。

5

その病院は、仁科がサファイアに去勢手術を受けさせようとした動物病院とは、建物の大きさも、敷地面積の広さも、働いている人間の数も違っていた。そもそも病院ではない。正式名称には、研究所、という言葉が入っているのだ。動物の治療も行うが、あくまでも研究の一環として、ということらしい。

その研究所の応接室で、仁科は一人の人物と向き合った。色白で、薄い唇がやや冷徹な印象をかもしだしている。医学博士の肩書きが入った名刺に刷られた名字は、安斎だった。

「あなたからの手紙を読んで、驚きました」安斎は話しだした。「あの猫の正体に気づく人間がいるとは思いませんでしたからね。小さい子供というのは、やはり感受性が強いんですね。現代科学では説明のつかない何かがあるのかもしれない」

「子供といっても十八歳です。今年、高校を卒業したということでした」

例のペット美容室の娘だ。未玖、という名前らしい。元々は人間の美容師になりたかったそうだが、高校時代にトリマーのことを知り、方向転換したのだという。

「私が会った時には子供だったんですよ。立入禁止区域に忍び込んで、サファイアを目撃しました。サファイアの手術が終わってから、一か月後ぐらいじゃなかったかな」

「その手術というのは……例の手術ですね」仁科は上目遣いに相手を見た。

安斎は頷いた。「そう、例の手術です」

仁科は持ってきた鞄から一枚の書類を出した。数年前の新聞記事をプリントアウトしたものだ。見出しにはこうある。『猫の全脳移植技術を確立　すでに数例で成功』

「そのトリマーの子は、初めてサファイアを見た時、自分がかわいがっていた猫の気配を感じたんだそうです。というより、その気配に誘われて謎めいた部屋に入っていくと、不思議な青い猫がいたとか。その話だけでは何とも思わなかったのですが、病院の名を聞いて、引っ掛かりました。どこかで聞いたことがあると思ったからです。やがてこの記事のことを思い出しました。で、今回、研究の責任者であるあなたに手紙を書いたというわけです」

安斎は吐息を漏らした。「素晴らしい推理力だ」

「手紙にも書きましたが、公にする気はありません。ただ真実が知りたいだけなんです。あのトリマーの子にも教えてやりたい。話してはもらえませんか」

安斎は口元を緩め、腕を組んだ。

「打ち明けようと思ったから、こうしてお会いすることにしたんです。手紙によれば、あなたも青い子猫作りに着手されていたようだ。それならサファイアに持病があったことは御存じですね」

「聞いていますが、詳しいことは……」

安斎は人差し指で自分の頭を突いた。

「脳腫瘍です。次々に冒されていって、うちに運び込まれた時には動けなくなっていました。何とか生かしてほしいと頼まれましたが、手の施しようがなかった。ただ一つの方法を除いては」

「その方法というのがつまり……」仁科は書類に目をやった。

「脳移植です」安斎は落ち着いた口調でいった。「ほかの猫の脳と取り替えるのです。サファイアを救うには、それしかなかった。しかし問題はありました。まだ技術が確立されておらず、うちでも三例で失敗していました。飼い主は、それでもいいからやってくれといいました。高い金を払って手に入れただけに、子孫を残す前に死なれたくなかったのでしょう。次の問題は、移植する脳をどこから調達するかということです。あまり時間は残されていませんでした。飼い主は、野良猫を捕まえてくるよう部下に命じました。しかしそういう時にかぎって、ちょうどいい大きさの猫が見つからなかったようです。いい忘れましたが、移植するにはいくつか条件があり、大きさもその一つなのです。頭蓋骨に入らないようでは困るし、小さすぎるのもまずい。焦っている時にたまたま連れてこられたのが、車に轢かれて瀕死状態の猫でした」

「トリマーの子の猫ですね」

「首輪はついていましたが、飼い主はわかりませんでした。内臓が破裂していて助かる見込みはなかった。しかし脳は奇跡的に無事だった。サファイアとの適合性も高かった。我々は手術に踏み切りました」

「結果は見事に成功」

安斎は大きく二度首を縦に動かした。

「期待以上の成果が出ました。術後の状態も安定していました。残念だったのは、正式な記録として残せなかったことです。サファイアのような猫はこの世に二匹といません。写真に撮れば、正体がわかってしまう。公表することについて、飼い主の許可が得られませんでした」

安斎によれば、二か月間の入院の後、サファイアは飼い主の元に戻された、ということだった。

「そういうことでしたか。でもこれでいろいろと納得がいきました。サファイアの個性が、ある時期から急に変わってしまったことにも説明がつく」

「猫にとっても個性は大切です」安斎はいった。「サファイアのようなケースでなければ、脳を取り替えてでも肉体を残そうとする飼い主なんかはいませんよ。我々がほかに実施した移植手術は、あくまでも研究目的のものだけです」

「そうでしょうね。その後、脳移植の研究は進んでいるんですか」

「猫については終わりです。我々の役目は終わりました」

どういう意味かわからず仁科が首を傾げると、安斎は酷薄そうな笑みを浮かべた。

「最終目的は人間の脳移植なんです。猫の脳というのは形状がとても人間に近くてね、脳研究のモデルに適しているんです」

「人間の脳移植……」

「それが可能になれば、老いた人間が脳死した若者の肉体で人生をやり直す、なんてことも夢ではなくなります。まあ、まだまだ先の話でしょうが」そういってから安斎は仁科をちらりと見た。「サファイアは、どうなったのですか」

「あの子……トリマーの女の子にあげました。彼女ならかわいがってくれるでしょう。何しろ、あの猫が唯一なついている人物ですから。彼にとっても幸せなはずです」

安斎はあまり表情を変えないまま、それは何より、とだけいった。

6

仁科がその記事をインターネットで知ったのは、サファイアを手放してから十か月ほどが経った頃だった。妻が、「ねえちょっと、これ知ってる?」といって見せてくれたのだ。

記事のタイトルは、『伝説の青い猫の子供続々　新たなビジネスとなるか』というものだった。

内容を読んで驚いた。サファイアの血を引いた子猫が、続々と生まれているという話だったからだ。しかも子猫たちは皆、父親の青い毛を受け継いでいるという。

サファイアの飼い主——あの未玖という娘がインタビューに答えていた。

「子供を増やす気なんてありませんでした。でもある時、近所の神社で野良猫が青い子猫を産んだと聞いて、うちの猫が父親だと確信したんです。毎日のように、その神社に行っていますから。それでその子猫たちはうちで飼うことにしたんですけど、最終的には全部飼い主が見つかりました。ええ、とても珍しいですからね。是非売ってくれという人もいました。その後、別の雌猫と交配させてみたら、また青い子猫が生まれて……。

そんなことをしているうちに、うちの雌猫と交配させてほしいという依頼が後を絶たなくなったんです。一回の交配料ですか？　それは内緒ということで……。はい、おかげさまでかなりの金額をいただいています。交配の条件はあります。どうやらペルシャ猫同士だと遺伝子の関係で青い子は生まれないみたいです。だから青い子猫は全部雑種です。これまでに生まれた子猫の数？　さあ、たぶん五十匹は超えているんじゃないでしょうか」

記事を読み、仁科は額を叩いた。そうか、雑種にすればよかったのか――。

ブリーダーの常識として、ペルシャ猫をほかの種と交配させることなど考えられない。その思い込みが幸運を逃していたのだ。

未玖の顔を思い出した。うまくやったなあと思う一方、イナリに対する愛情が奇跡を起こしたのかもしれないという気もした。

まあ、いいか――。

未玖が青い猫にマシュマロを食べさせる光景を思い浮かべ、仁科は笑みを漏らしていた。

クリスマスミステリ

1

黒須は周囲を見渡し、人目がないことを確認してから門柱に近づいた。これまでも用心してきたことだが、今日は特に細心の注意が必要だ。だからこそ、これまでに着たことがないタイプのコートを古着屋で買ったのだし、すっかり日が落ちているというのにサングラスだってかけているのだ。万一誰かに見られたとしても、その目撃証言から身元が割り出されるようなことがあってはならない。

革の手袋を嵌めた手でインターホンのボタンを押した。少し間があり、はい、と女の声が答えた。

「僕だよ」黒須はマイクに向かっていった。「メリー・クリスマス」

弥生が、ふっと唇を緩める気配がスピーカーから伝わってきた。

「入って」

黒須は音をたてないよう気をつけて門扉を開け、敷地内に素早く身体を潜り込ませた。些細な物音でも、なるべくなら近所の住民には聞かれたくない。この時間、この邸宅には誰も訪れなかったことにしなければならないのだ。

忍び足で玄関に近づくと、預かっている合い鍵で解錠し、ドアを開けて屋敷内に足を踏み入れた。サングラスを外してポケットに入れ、ドアを閉めて施錠していると、階段を下りる足音が聞こえてきた。

黒須は振り返った。深紅のドレスに身を包んだ弥生が、唇に笑みを浮かべて玄関ホールに現れた。

「こんばんは。早かったのね」

「少しでも会っている時間は長いほうがいいと思ってね」黒須は、彼よりも二十センチほど背が低く、そして十五歳ほど年上の女の顔を見つめた。「よくなかったかな」

「とんでもない。私も嬉しいわ。さあ、上がってちょうだい」そういって彼女は黒須の手に目をやり、眉をひそめた。「珍しいわね、手袋なんて。今夜はそんなに寒かった？」

「いや、冬場は静電気が怖いからさ」黒須は手袋を外し、コートのポケットに入れた。

「そのコートも見たことがないわ」

「友達から貰ったんだ。似合わないかな」

「ううん、そんなことない。あなたは何でもよく似合うわ。ところでそれは何かしら？」彼女の視線が黒須の提げている紙袋に注がれた。

「これは後のお楽しみ」黒須は笑いかけた。

「そう。じゃあ、これ以上は訊かないでおくわね」

弥生に導かれ、黒須は廊下を進んだ。奥が居間になっている。中央に大きなテーブルがあり、それを囲むようにソファが配置されていた。

いきなり目に飛び込んできたのは、出窓の真ん中に飾られたクリスマス・ツリーだった。高さは一メートルほどあるだろうか。ちりばめられた飾り付けが、きらきらと光っている。

「奇麗だね。前からあったの？」コートを脱ぎながら訊いた。

「新しく買ったのよ。今夜のために」

「今夜のため？　わざわざ？」

「そうよ。もっと近くに寄って、よく見てちょうだい」

弥生に背中を押されるようにして、黒須はツリーに近づいた。窓ガラスに彼の顔が映っている。その背後に弥生の顔があった。上方からの淡い照明が、顔の皺を一層深く浮かび上がらせている。

窓から顔をそらし、黒須はツリーに目を向けた。小さなサンタクロースが枝にぶら下がっている。いい歳をして少女趣味な、という本音は口に出せない。

彼の手に弥生の指が絡んできた。彼女はそのまま二人の手をツリーの横に置いた。

「嬉しいわ。クリスマス・イブに二人だけで会えて」

「僕もだよ」

そういいながら黒須は、弥生の手と重なっている自分の手を見た。この部分に触れたことを覚えておかねばならない。今夜は、何があってもこの家に自分の痕跡を残してはいけないのだ。

腕時計を見るふりをして、彼女の手を離した。「ええと、パーティは何時からだっけ」

「八時よ。たしか六本木のワインバーだったわね」

「君は何時にここを出る？　僕は十分ぐらい先に出ようと思うけど」

「ぎりぎりで大丈夫よ。まだたっぷり時間はあるわ」

「だったら、まずは二人だけで乾杯しよう」黒須は紙袋の中から瓶を出してきた。赤と緑のリボンをくりつけてある。「気に入ってもらえるといいのだけど」

弥生の顔が、ぱっと明るくなった。

「ジュヴレ・シャンベルタンね。素敵じゃない。あなたも私の好みがわかるようになったみたいね」

「お褒めに与り光栄です、といえばいいのかな」

「ちょっと待って。今、ワインオープナーとグラスを取ってくるわ」

彼女が隣のキッチンに消えるのを見送り、黒須は深呼吸を一つした。ここまでは順調だ。問題はこれから先だ。失敗は許されない。

弥生が戻ってきて、二つのワイングラスが載ったトレイをテーブルに置いた。

「ソムリエナイフ、使える？」

「もちろん」

黒須は弥生からソムリエナイフを受け取ると、ワインの栓を抜く作業をしながら彼女の動きを目の端で追った。彼女は再びクリスマス・ツリーに近寄っていく。

「このツリーね、私が子供の頃に持っていたものに、とてもよく似ているの」

「そうなんだ」

「だからね、店で見た瞬間、どうしてもほしいと思ったのよ」

「なるほどねえ」

ワインの栓が抜けた。黒須は弥生のほうを見た。彼女はまだツリーを見ている。念のために窓も確認した。ガラスに反射して、自分の姿が彼女に見えていたら大変だ。

「ねえ、知ってる？　クリスマス・ツリーに十字架を飾るのはタブーなんですって」

「そうなの？　知らなかったな」

窓ガラスも問題なし。チャンスは今しかない。黒須は決断した。

上着の内ポケットに手を入れ、小さなビニール袋を出した。その中の白い粉を一方のワイングラスに入れると、素早くワインを注いだ。もしや乳白色になるのではと一瞬不安になったが、薬はすぐに溶け、鮮やかな赤い液体がグラスに溜まった。

ビニール袋をポケットに戻し、もう一方のグラスにもワインを注いだ。

「さあ、乾杯しよう」弥生の背中に声をかけた。

弥生が振り向いた。にっこりと笑い、黒須のところへやってきた。彼の隣に座り、白い粉が混じったほうのグラスを手に取った。もう一方のグラスは、すでに彼が手にしていたからだ。

「では改めて、メリー・クリスマス」黒須はグラスを差し出した。

メリー・クリスマス、といって弥生はグラスを合わせてきた。二人は、ほぼ同時にワインを口にした。

「うーん、おいしい。やっぱりシャンベルタンはワインの王様だわ」

「喜んでもらえて嬉しいよ」

「じゃあ、私もお返しをしなきゃね」そういって弥生は自分の背中に手を回すと、四角い箱を出してきた。ピンクのリボンがかけられている。

「これを？　僕に？」黒須は胸を押さえた。

「そうよ。開けてみて」

「へえ、何だろう」包みを解きながら、黒須は弥生の様子を窺っていた。彼女は何も疑う気配がなく、グラスのワインを飲んでいる。

箱の中身は金色の懐中時計だった。同じ色の鎖が付いている。

「わあ、すごいじゃないか。こんな素敵なものを貰っていいの？」

「気に入ってもらえたかしら。懐中時計なんて使い途がないかなとも思ったんだけど……」

「そんなことないよ。大切にする。ありがとう」

「それはね、蓋の装飾が手作りで……職人さんがひとつひとつ……あら、どうしたのかな……」弥生の目の焦点が合わなくなっていた。さらにゆらゆらと身体を揺らしたかと思うと、ゼンマイが切れた人形のように、がくんとテーブルに突っ伏した。

「弥生さん、弥生さん」黒須は彼女の身体を揺すってみた。だが彼女はまるで無反応だ。すごい、話に聞いていた通りだ——黒須は唾を呑み込んだ。

見たところ、まだ息はあるようだ。だがこのまま放置すれば、呼吸器機能が麻痺し、死に至るはずだった。

黒須は立ち上がり、自分が使ったグラスを手にキッチンに入った。グラスを軽く洗うと、丁寧に拭いてから棚に戻した。続いて手袋を嵌めながら居間に戻り、ポケットから取り出したハンカチで、テーブルやソファなど自分が触れたと思われるところを拭き始めた。ソムリエナイフとワインのボトルは一旦拭いた後、弥生の手で触れさせておいた。クリスマス・ツリーを飾ってある出窓も忘れてはならない。見てみると、くっきりと指紋が残っていた。それも完璧に拭いておいた。

ワインを入れてあった紙袋とコートを回収した後、懐中時計に目をやった。これがここに残っているのはまずい。誰かが一緒にいたことになる。特にほしいものでもなかったが、懐中時計と箱、そして包み紙とリボンも紙袋に放り込んだ。

部屋を出る前に、もう一度室内を見回した。何か見落としている点はないか。またしてもクリスマス・ツリーに目がいった。弥生の言葉が不意に耳に蘇った。

十字架を飾るのはタブー？

どうしてだろう、と思いながら部屋を後にした。

2

黒須が劇団の稽古場に戻ったのは、午後七時を少し過ぎた頃だった。しかし入り口を通ったのではなく、裏の塀を乗り越えて敷地内に入った。建物の窓からは、まだ明かりが漏れている。大道具や小道具の修理など、作業をしている者がいるのだろう。

黒須は姿勢を屈めて建物と塀の隙間を移動し、目的の窓の下まで辿り着いた。窓には鍵がかかっていない。窓を開け、物音をたてないように気をつけて室内に入った。四畳半ほどの部屋で、彼が芝居の構想を練ったり台詞(せりふ)を覚えたりする時に使う。ドアの外に『稽古中』の札を掲げておけば、誰もノックしたり、声をかけたりしない。彼は劇団の看板役者だった。演出家でさえ一目置いている。彼の人気で、この貧乏劇団は保(も)っているようなものだ。逆らえる者などいなかった。

上着を脱ぎ、椅子に座った。例のコートはゴミ袋に入れ、ここに戻る途中で捨ててきた。しかしさすがに懐中時計は捨てられず、持ち帰ってしまった。これをどうするか、考えねばならない。

机の上ではノートパソコンが、スピーカーを通して音声を発していた。

「ようやく出来たか。これだよマーシュ。魔王館殺人事件全記録。思い出すじゃないか。あの知的興奮と緊張感に満ちた日々を。ただ残念なのは――」そこまで聞いたところで黒須はマウスを操作し、音声ファイルを処分した。アリバイ工作のために吹き込んだものだ。

黒須は咳払いを一つして、口を開いた。

「ただ残念なのは、芸術家としてのプライドを持った犯人に出会ったのは、あれが最後になってしまったことだ」

声を張って台詞をいった後、ノートパソコンを閉じて立ち上がり、わざと大きな足音をたてて入り口に近づいた。内側の鍵を外し、ドアを開けた。

すぐ隣は事務所になっている。劇団の事務員であり黒須のマネージャーでもある鹿野久美子が、はっとしたように顔を上げた。

「例のクリスマス・パーティ、何時からだっけ？」黒須は訊いた。

「六本木で八時からです。そろそろ出かけたほうがいいと思っていたんですけど、まだお仕事が終わらない御様子だったので……」

「そうか。夢中になっていて、うっかりしていた。そういうことなら急ごう」黒須は上着を羽織り、事務所のポールハンガーに掛けてあった自分のコートを手にした。

鹿野久美子は運転手でもある。彼女が運転するアウディで、黒須はパーティ会場に向かった。

「俺は一体、どれぐらい部屋にいたんだろう」

「二時間ほどだと思います。部屋に入られたのが五時頃でしたから」

「そんなに……。仕事をしていると時間の経つのが速いなあ」

「かなり熱中しておられたようですね。お声が聞こえてきました」

「今度の脚本、どうもしっくりこないんだよな。だから自分なりに手を加えてみようと思ってさ」

「お疲れ様です」

鹿野久美子とのやりとりを終え、黒須はほくそ笑んだ。部屋に入った後、パソコンの音声ファイルを起動させ、すぐに窓から抜け出したのだ。しかし彼女は全く気づいていない様子だ。これなら黒須のアリバイを証明してくれるだろう。

数十分前の出来事が瞼に蘇った。自分のやったことを振り返った。大丈夫、ミスはないはずだ――。

樅木(もみき)弥生は日本でも屈指の女流脚本家だった。彼女が手がけるテレビドラマは軒並み高視聴率をマークし、映画は上々の興行成績をあげた。

売れない役者だった黒須に、彼女が脚本を書くドラマへの出演依頼が来たのは七年前だ。大した役ではなかったが、喜んで出演した。その結果、大きなものを二つ手に入れた。一つは知名度だ。それが上がったおかげで、確実に仕事が増えた。役者として、一段高いステージに上がれたという実感があった。

本当は、それだけで満足しておくべきだった。ところが黒須は、もう一つの果実にも手を出してしまった。

楢木弥生と男女の関係になったのだ。

あの先生には気をつけたほうがいいよ、と知り合いの役者から釘を刺されてはいた。独身で派手好み、おまけに二枚目好きときている。なまじ女としての色気がそこそこあるからたちが悪い。ムードに流されて深い関係になってしまう俳優が後を絶たない。関係が続いているうちはいい。何しろ業界で顔がきくから、男のほうも待遇に恵まれることになる。ところが関係が切れたら大変だ。干されて仕事がなくなり、あっという間に失業の憂き目に遭うというわけだ。

ところが黒須は手を出した。彼には野望があったのだ。彼女を味方につければ、役者としてさらに飛躍できると思った。これまでの男は別れ方がまずかっただけだ。自分ならうまくやれると確信していた。

思惑の片方は的中した。黒須は今や売れっ子といっていい地位を得ている。連続ドラマには頻繁に出ているし、ＣＭの仕事が舞い込むようにもなった。

だがもう一方の思惑は、計算通りにはいかなかった。しばらく疎遠になれば、弥生にだってプライドがあるだろうから、まさかしつこくつきまとってきたりはしないだろうと予想していたのだが、全く甘かった。むしろ彼の人気が上昇するのに呼応して、弥生の執着心も強くなっていくようだった。

「ねえ、そろそろ若い子と付き合いたいとか思い始めたんじゃないの？」ことあるごとに弥生はこんなふうに訊いてきた。

そんなことないよと黒須がいうと、意味ありげに含み笑いをしていうのだった。

「いいのよ、無理しなくて。若いほうがいいに決まってるものねえ。でもその時には覚悟してね。この世界では生きていけないから。仕方ないわよねえ。あっちもこっちも取ろうなんて、そんな虫のいい話は通用しないもの」

真っ赤に口紅を塗った、やや大きくて厚めの唇が動くのを見て、黒須は自分が取り返しのつかないことをしてしまったことを自覚した。

実際のところ、業界における弥生の力がどれほどのものなのかはわからない。もしかすると彼女と仲違いした程度では、仕事が全くなくなるということはないかもしれない。

だが黒須は、彼女が二人の関係を公表した際のイメージダウンを恐れていた。これまでに築き上げてきたものが、売れっ子脚本家に身体を売って手に入れたものだと世間に思われたら、おそらく相当の痛手になるだろうと予想できた。

さらに別の展開が黒須の身に起きていた。映画で共演した女優と恋仲になってしまったのだ。まだどちらの事務所も気づいていない。だが黒須はともかく、相手の女優は脇が甘そうだった。いつ芸能マスコミに嗅ぎつけられるかわかったものではない。

昨今、芸能人の色恋程度で世間が騒ぐことはないだろう。怖いのは弥生だった。早く何とかしなければ――ここ数日間は、そのことばかりを考えていた。

3

パーティ会場となっていたのは、ビルの地下にあるワインバーだった。あるテレビドラマの収録が終わったので、その打ち上げを兼ねてクリスマス・パーティを開こうということになったのだ。黒須もそのドラマには準主役といった位置で出演していた。

八時ちょうどに到着した黒須は、プロデューサーや演出家に挨拶した後、ドラマを通じて親しくなった役者たちと談笑を始めた。

すると、そばにいたスタッフたちの会話が耳に届いた。

「縦木先生が、まだいらっしゃらないんです」

「そうなのか。ケータイにかけてみたらどうだ」

「かけてみたんですけど、お出にならないんです。呼び出し音は聞こえるんですけど」

「おかしいな。今日のことは伝えてあるんだろ」

「それはもちろん。電話で伝えましたし、念のためにメールも送りました」

「仕方がない。もう少し待ってみよう。先生が来ないのに始めるわけにはいかん」

黒須は飲み物を手に、その場を離れた。唇から笑みが漏れそうになるのを堪えた。数か月前のことだ。弥生が小さな瓶を見せてくれた。中には白い粉が入っていた。

マンドラゴラの毒だ、と彼女はいった。

「マンドラゴラというのは植物よ。根が人間そっくりの形をしていて、引き抜くと悲鳴をあげるといわれているの。そしてその悲鳴を聞いた者は発狂して死ぬという伝説がある」

まさか、と黒須がいうと、彼女は薄く笑った。

「だからそれは伝説。でも根拠がないわけじゃない。その根には強力な毒が含まれているの。食べると幻覚が見え、幻聴が聞こえ、やがては死に至る。マンドラゴラの悲鳴というのは、その幻聴だろうといわれているわ。その毒を抽出したものがこの白い粉よ」

先日ドイツを旅行した時、地方の民家で手に入れたのだと弥生はいった。

「耳かき一杯で牛だって殺せる。本当よ。その村では今でもそうやって牛を殺してるの。実際にこの目で見たんだから確かよ」

何のためにそんなものを手に入れたのか、と黒須は訊いた。

弥生は、「憎い人間を殺すため」といって赤い唇を歪めた後、「嘘よ、うそ。冗談」と手を横に振った。「特に目的はなかったの。珍しいものだから貰っておこうと思っただけ。でも、自殺する時にはちょうどいいかなって思う。眠るみたいに死んでいけるそうだから」

そんなことは考えないでくれと黒須がいうと、「ありがとう。そういってもらえると嬉しいわ」と彼女は目を細めたのだった。

その瓶は、弥生の寝室の戸棚に保管されていた。何とかして彼女との関係を断ち切らねばと考えた時、黒須の頭に浮かんだのがその毒だった。

先週、弥生が取材で留守の時に屋敷に忍び込み、瓶の毒を盗んだ。問題は、いつどうやって飲ませるかだ。すると彼女のほうから、こんな提案をしてきた。クリスマス・パーティの前に二人だけで会えないか、というのだった。

「パーティの後、どうせあなたは二次会や三次会に誘われるでしょう？　せっかくのイブなのに、一度も二人きりになれないなんて悔しいわ。だからパーティの前に。どう？」

悪くないな、と黒須は思った。二人の関係は世間に知られていない。パーティの前に会っていたとは誰も思わないだろう。

賛成だ、と黒須は弥生に答えたのだった。

何もかもうまくいった。後は弥生が現れないことを不審に思った誰かが彼女の屋敷を訪ね、遺体を発見してくれればいい。遺書はなく、動機も不明ということになるだろうが、そのほうが神秘的だ。クリスマス・イブに謎の死——きっと彼女もあの世で満足してくれるだろう。

水割りのグラスが空になったので、黒須が二杯目に手を伸ばしかけた時だった。「ああ、いらっしゃった」という声が聞こえた。それと同時に、場内の空気が張り詰めたものに変わった。

黒須は入り口に目を向けた。次の瞬間、叫びそうになっていた。

赤いドレスに身を包み、樅木弥生が微笑を浮かべて入場してきた。

4

弥生に変わった様子はなかった。様々な人物が彼女のところへ挨拶に行くが、彼等に対し、いつものように適度に愛想良く振る舞い、そして適度に傲慢さを発揮していた。ほかの役者たちも挨拶に行くので、黒須だけが知らぬ顔をしているわけにはいかなかった。だが一体どんなふうに声をかけたらいいのか。

何より、なぜ彼女は無事なのか。あのまま眠るように死ぬはずではなかったのか。考えがまとまらないまま、黒須はゆっくりと弥生に近づいていった。彼女はほかの出演者との会話が一段落したところだ。

その彼女の目が黒須のほうを向いた。ぎくりとして彼は足を止めた。

「ああら、黒須君、お疲れ様」弥生が笑顔で手を振ってきた。

黒須は作り笑いを浮かべ、近づいた。うまい具合に、今は彼女のそばに人がいない。

こんばんは、といって彼はグラスを差し出した。弥生は持っていたワイングラスを合わせた後、顔を寄せてきた。「さっきはごめんなさいね」

「えっ？」

「私、ソファで眠っちゃったみたいね。全然記憶がないんだけど」

「あ……うん、そうだね。話している途中に……ね」

「そうだったの。起こしてくれたらよかったのに」

「いや、あまり気持ちよさそうに寝てたからさ」

　テレビ局の人間が近づいてくるのが目の端に入った。弥生も気づいたらしく、二人は同時に身を引いた。

「やあやあ先生、このたびは本当にお疲れ様でした。いろいろとお世話になりました」

　太った男が弥生に挨拶し始めるのを聞きながら、黒須はゆっくりとその場を離れた。

　そういうことだったのか――。

　あれは毒などではなかったのだ。いや、もしかしたら少しは毒性があるのかもしれないが、弥生がいっていたほど強力なものではない。眠るように死んでいくことはなく、ただ眠るだけ、つまりは強力な睡眠薬といったところなのだろう。

　ずいぶんと無駄なことをしてしまった、と黒須は後悔した。手間をかけ、神経をすり減らして犯行に及んだというのに、ただ眠らせただけだったとは。

　だが弥生が何も気づいていないのは幸いだ。この先、まだチャンスはある。何か別の方法を考えねばならないが。

やがてパーティがお開きになった。二次会の店は押さえてあるらしく、多くの者がそちらに移動するという。だが弥生は、これで失礼させてもらう、といった。

「徹夜明けで、ちょっと疲れてるの。皆さんは、ゆっくり楽しんでね」

皆が見送る中、そういい残して弥生は黒塗りのタクシーに乗り込んだ。車が動きだした時、サイドウインドウの向こうから彼女が黒須に視線を送ってきた。

目が合うと、彼女は意味ありげに小さく頷いた。

黒須も鹿野久美子が運転する車で二次会の店に向かうことにした。だが車に乗る直前、携帯電話が着信を告げた。かけてきたのは弥生だった。

車から少し離れ、電話に出た。「はい」

「ごめんなさい。今、大丈夫？」

「うん。どうかした？」

「じつはね、今夜中に話しておきたいことがあるの。申し訳ないんだけど、これから家に来てくれないかしら」

「これから？」

「さっき、話すつもりだったのよ。でも、眠っちゃったものだから話せなくて……」

「電話では話せないの？」

「うん、電話ではちょっと……。我が儘いってごめんなさい」

弥生がこんなふうに殊勝な物言いをするのは珍しかった。いつもなら、命令口調でいい放っているところだろう。

「わかった。何とかするよ」

「ありがとう。家の前まで来たら電話をちょうだい」

「電話を？　どうして？」

「それもその時に話すわ。お願い」

「うん、わかった」

電話を切り、車に近づいて運転席のドアを開けた。

「野暮用ができた。君は先に二次会に行ってくれ。用が済んだら、俺も向かうから」

鹿野久美子は釈然としない様子だったが、何も訊かず、わかりましたと答えた。女性絡みだと察したのかもしれない。だが相手が誰かは知らないはずだった。

黒須はコートのポケットから取り出した眼鏡をかけ、マフラーで口元を覆った。そうするだけで俳優の黒須だと気づかれる危険性が減ることを、これまでの経験で知っている。

通りかかったタクシーを拾い、弥生の家に向かった。狙い通り、運転手が客の正体に気づいている気配はなかった。

念のために家から少し離れた場所でタクシーを止め、そこからは歩くことにした。家の前まで辿り着いたところで電話をかけた。

はい、と弥生の声が聞こえた。

「今、着いたよ。家の前にいる」

「そう。じゃあ、門をくぐって庭に回ってちょうだい」

「庭に？」

「そうよ」

おかしなことをいうんだなと思いながら、門扉を開けて中に入り、庭に回った。

屋敷の窓から明かりが漏れている。窓の向こうを見て、はっとした。例のクリスマス・ツリーが飾られているのだが、その隣に弥生の姿があった。携帯電話を耳に当てている。

「どういうこと？」黒須は訊いた。

「ごめんなさい。少し寒いだろうけど、このまま話をさせてちょうだい」電話から聞こえる弥生の声がいった。「窓越しでないと、とてもいえないことだから。部屋で二人きりになったりしたら、きっと決心が揺らいでしまう」

「……一体何なの？」

深呼吸をする音が聞こえ、続けて彼女がいった。「私たち、今夜で終わりにしましょう」

「えっ？」

「ずいぶん長い付き合いだったわね。七年……あっという間だったわ」

「弥生……」

「ずっと考えてきたことだったの。今のままでいいのかって。私はあなたの可能性を狭めているんじゃないかって悩んでたの。でも、ようやく気持ちが決まったわ。私たちは、もう別々の道を進むべきよ」

黒須は、まず呼吸を整えた。さらに表情が緩んでしまいそうになるのを堪えた。思いがけない展開だ。しかも最上の。

「君がそんなふうに考えているなんて想像もしなかったよ」重々しくいった。

「ごめんなさいね。急にこんなことをいわれて、面食らったでしょう？」

「驚いたのは事実だ。でも、君のいってることもわかるような気がする」

「そう？」

「たしかに、僕たちは少し長く付き合いすぎたのかもしれない。今のままだと、僕だけでなく、君のためにもならないだろうな」

窓の向こうで、弥生が寂しげに笑った。「よかった、わかってくれて」

「君には感謝しているよ。君のおかげで、僕は役者としても人間としてもずいぶんと成長できたと思う」

「そういってもらえると嬉しいわ」

「長い間、本当にありがとう。君との思い出は、これから先も大切にしていくよ」

「ありがとう。私もあなたとの日々は忘れない。元気でね」

「君もね」

弥生が耳から電話を離すのが見えた。それで黒須も電話を切った。彼女が小さく手を振ったので、彼も応じた。やがて彼女は窓から離れ、部屋の奥に消えた。クリスマス・ツリーの飾りは、相変わらずきらきらと光っている。

黒須は電話をポケットに入れ、門に向かって歩きだした。胸は幸福感で満たされている。マンドラゴラの毒が効かなかったことを神に感謝した。

5

携帯電話の音で目が覚めた。ベッドにもぐりこんだまま、手を伸ばして電話を取った。頭痛がするのは、昨夜の酒が残っているからだろう。しかし今回に関しては二日酔いも喜んで受け入れられる。とにかく昨夜は生涯最高のクリスマス・イブだった。

弥生のほうから別れ話をいい出してくれたことだけではない。あの後で駆けつけた二次会の場でも、思いがけないことがあった。

連続ドラマで主役をやらないか、とプロデューサーから打診されたのだ。

「脚本は樅木先生なんだが、主役は是非君にやらせたいとおっしゃってるんだ。どんな役かは私もまだ聞いてないんだが、君以外には考えられないらしい。どうだ、やってみる気はないか」

こんな良い話を断る馬鹿はいない。無論、二つ返事でオーケーした。さらに弥生とのやりとりを思い出し、少し胸が痛くなった。

彼女は彼女なりに、本気で黒須の将来を考えてくれていたのだ。今から思えば、彼を縛り付けようとしたのも、若い女との色恋にうつつを抜かさぬように、という配慮の現れだったのかもしれない。そう考えると、そんな彼女の気持ちに気づかず、彼女を亡き者にしようとした愚かさに、自分が嫌になった。もう二度と、あんな過ちは犯すまいと心に誓った。本当に、未遂で済んでくれて助かった。

電話をかけてきているのは鹿野久美子だった。時刻を見ると、間もなく午後二時になろうとしている。床に入ったのが午前八時過ぎだから、まだ少し眠い。

「はい。急用でないなら、後にしてもらえると助かるんだけどな」かすれ気味の声でいった。ひどく喉が渇いている。

「あ……あの、鹿野です。あの……大変なことに」

「何、どうしたの？」

電話を耳に当てたまま、黒須はベッドから這い出た。冷蔵庫には水のペットボトルを常備している。

だが次に鹿野久美子が発した言葉を聞き、黒須は四つん這いのままで固まった。

「何だって？　もう一度いって」

「だから」鹿野久美子が唾を呑み込む気配があった。「亡くなったんです。樅木先生が。ついさっき、御自宅で遺体が見つかったそうなんです」

6

黒須のところへ二人の刑事が来たのは、弥生が死んでから二日後のことだった。

彼女の死については、すでに様々なメディアで報道されているので、黒須も大方のことは把握していた。

遺体を発見したのは、弥生の家へ通いで来ていた家政婦らしい。いつものように昼前に訪れたところ、居間で倒れている弥生を発見したというわけだ。

会ったことはなかったが、家政婦を雇っていることは黒須も聞いていた。掃除と洗濯、そして朝昼兼用の食事を作ることが主な仕事だったようだ。夜に会食の予定が入っていない日は、夕食を作ってもらうこともあると弥生はいっていた。

気になるのは死因だった。報道によれば、中毒死らしい。しかも毒物はワインに混入されていた疑いが濃いという。

まるであの時の状況そのままじゃないか、と黒須は思った。ただし毒物の種類が違う。彼女を死に至らしめたのは青酸化合物だということだった。

一体どういうことだろうと訝(いぶか)しんでいたところに刑事たちがやってきたのだった。

年嵩の刑事は三田(さんた)といった。白髪が多いのでかなりの年配に見えるが、実際にはそれほどでもないのかもしれない。若いほうの刑事も名乗ったが、よく聞き取れなかった。

事件についてどう思うか、というのが最初の質問だった。

黒須は両手を軽く広げ、肩をすくめた。

「まるでわけがわからない、というのが率直な感想です。御存じだと思いますが、イブの夜にパーティがあって、その時にお会いしたんですが、とても元気そうでした。それなのにどうして自殺なんか……」

三田が白髪交じりの眉を動かした。

「まだ自殺と決まったわけではありませんよ」

この言葉に黒須は心底驚いた。自殺だと思い込んでいたからだ。

「自殺じゃないとしたら、何なのですか。えっ、もしや他殺だとでも……」

三田は、にやりと笑った。

「さすがですね。そのしぐさにその表情、とても自然な反応に見えます。到底演技とは思えない」

黒須は、むっとして刑事を睨んだ。「どういう意味ですか」

三田は真顔に戻り、手帳を開いた。

「そのクリスマス・パーティですがね、二次会に出られるまでの間、どこにおられたのですか。マネージャーさんによれば、野暮用があるとかで、一時間ほど別行動をされたようですが」

　ぎくりとした。この刑事たちは、すでに黒須についての聞き込みをしてからやってきたようだ。それはなぜなのか。

「待ってください。僕の行動が、事件に関係しているとでも？」

「無関係なら答えられるでしょう。どこで何をしておられたのですか」

「……プライベートなことです。答えたくありません」

　三田はじっと黒須の顔を見つめてきた。

「では、質問の仕方を変えてみましょう。あなたは最近では、いつ樅木弥生さんの家に行きましたか」

　黒須は思わず眉根を寄せた。「何ですって？」

「聞こえませんでしたか。樅木さんの家に行ったのは、最近ではいつですか、とお尋ねしているのですが」

　頬の強張（こわば）りを感じながら黒須は首を振った。

「何のことですか。どうして僕が樅木先生の家に行くんですか」

すると三田は何度か瞬きし、さらに黒須の顔をじろじろと眺め回してきた。

「何ですか、その目は」声に怒りを含ませて訊いた。

「いや、皆さんのお話とずいぶん違うなあと思いましてね」

「何がどう違うんですか。みんなの話って何ですか」

「ほかでもありません。あなたと樅木さんの関係についてです。付き合っておられたそうですね」

さらりといわれ、黒須は一気に動揺した。

「な……何をいってるんですか。誰がそんなデマを……」

「デマでしょうか。何人かの方から聞いたんですが。あなたのマネージャーさんからも。半ば公然の秘密だとおっしゃってましたよ」

言葉を失った。鹿野久美子の眼鏡面が頭に浮かんだ。素知らぬ顔をしながら、黒須と弥生の関係に気づいていたというのか。

「まあ、そういうものですよ。うまく隠し通せていると思っているのは本人だけ、ということはよくあります。樅木さんのほうは、そうした状況を楽しんでおられたようですが」

刑事の言葉に、さらに愕然とした。弥生は周囲に知られていることに気づいていたのか。

「というわけで、この際正直に答えていただきたいのです。樅木さんのお宅には、いつ行かれましたか。それでもなお、付き合っていないとおっしゃるのなら、こちらとしてはそれなりの調査をさせていただくことになります。警察を甘くみないほうがいいですよ。二人の男女が付き合っていたかどうかなど、簡単に調べられるのですから」

三田の台詞は脅しには聞こえなかった。警察が本気になれば、おそらく造作もないことなのだろう。

黒須はため息をついた。

「たしかに付き合っていたことはあります。でもそんなに深い仲ではありませんでした。それに、もう別れましたし」

「別れた？　いつですか」

「ひと月ほど前……だったかな」適当に答えた。

「ひと月？　それはおかしいな」

「何がおかしいんですか」

三田は隣にいる若い刑事に目配せした。若い刑事が一枚の写真を出してきた。

その写真を見て、黒須は息を呑んだ。例の懐中時計だった。

「見覚えがありますよね」三田がいった。「劇団の部屋から見つかりました。あなた専用の部屋です。これと同じ品物を、イブの前日に樅木さんが購入しておられます。財布にクレジットカードの控えが入っていたんです。この時計は樅木さんから贈られたもの。そうですよね」

うまい言い訳など思いつかなかった。黒須は黙っていた。

「このプレゼント、いつ受け取ったんですか」

黒須は懸命に思考を巡らせ、「……パーティの時です」と答えた。

「パーティ？　例のクリスマス・パーティですか」

「そうです。二人だけになった時、渡されました。でも恋人としてではなく、役者黒須を応援する気持ちからだとおっしゃってくださいました」

「役者黒須をねえ」三田は首を傾げている。

「本当です。信用してください」

「樅木さんの家で受け取ったのではないんですか」

「違います。彼女の家になど行ってません」

「そうですか。行ってませんか」

三田は写真を若い刑事に返した後、指先で頬を掻き、黒須のほうに身を乗り出してきた。

「この際だからお話ししておきますが、樅木さんの死は他殺の疑いが濃厚なのです。いや、濃厚なんてものではない。確実に他殺だと断言してもいい」

「何か根拠でも？」

「いくつもあります。まず一つ目」三田は片手を上げ、親指を折った。「死因となった毒物――青酸化合物ですが、ワイングラスからだけではなく、そばにあったボトルの中からも検出されています。自殺ならば、毒をボトルには入れない。グラスに注いだワインに入れるだけで十分です。二つ目、食器棚にあったワイングラスの一つに水滴が残っていました。一緒にいた誰かがグラスを使い、それを洗って棚に戻した可能性が高い」

まさか、と黒須は思った。ボトルに毒が入れられていたことにはまるで心当たりがないが、グラスについては覚えがある。だが棚にしまう前に、きちんと拭いたはずだ。水滴が残っているはずがない。

「三つ目」三田が続けた。「部屋のドアノブをはじめ、指紋を拭き取った形跡が随所に見られるのです」

ドアノブ――。

それはたしかにおかしい、と黒須は思った。自殺なら、少なくとも弥生の指紋は付いていなければならない。

「四つ目、自殺の動機が見当たらない。樅木さんは翌日にもパーティの予定があり、楽しみにしておられたそうなんです。いかがですか。ほかにもまだいろいろと奇妙な点があるんです。自殺に見せかけた他殺と考えるのが妥当ではありませんか。あなたはどう思いますか」

黒須は口元を曲げた。

「おっしゃることはわかります。でも、だからといって僕を犯人だと決めつけるのはおかしいんじゃないですか」

「だったら正直に答えてください。パーティの後、どこへ行かれましたか。じつはパーティ会場の近くから、樅木さんのお宅のそばまで客を運んだというタクシーが見つかっているんです。運転手から話を聞いたところ、あの日のあなたの服装に極めて近いものがある。眼鏡とマフラーを着けておられたとか。あの手の人間を馬鹿にしてはいけませんよ。見ていないようで、案外観察しているものなんです」

刑事の話を聞き、背筋が寒くなった。

「僕は……行ってない」

「ではどちらへ?」

「稽古場です」
「稽古場？　劇団の？」
「そうです。今度の芝居の脚本のことが急に気になって……。そういう時、ほうってお
けない性分なんです。だからあの夜も……」
「なぜそのことをマネージャーさんにはいわなかったのですか」
「それは……何となくです。僕が稽古場に行くといったら、彼女も同行しなくちゃなら
ないし、そういうのはかわいそうだから」
「なるほどねえ」全く信用していない顔で、刑事は首を何度か上下させた。「つまり、
あの日あなたは一度も樅木さんの家には行ってないということですね」
「そうです。さっきから何度もそういってるじゃないですか」
するとと三田は背筋を伸ばし、見下ろすような目を黒須に向けてきた。
「先程指紋の話をしましたが、犯人は指紋について重大なミスを犯しているのです。一
箇所、拭き忘れたところがありました」
「えっ……」
三田は再び、隣の刑事に目配せした。若い刑事は二枚の写真をテーブルに置いた。一
枚には例のクリスマス・ツリーが写っている。

「このツリーに見覚えは？」三田が訊いた。

「知りません」

「知らない？　それはおかしいな」三田は、もう一枚の写真を手にした。「これを見てください。ツリーが置かれている出窓の表面を撮ったものです。ツリーの台座のすぐ横に、白い指紋が確認できるでしょう？」

その写真を見て、黒須は声をあげそうになった。たしかに指紋がくっきりと残っている。

そんなはずはない、と思った。弥生と二人でツリーを見ている時、彼女に手を重ね合わせられた。だが、あの時に付いた指紋は間違いなく消した。

「黒須さん、あなたの指紋を採取させてください」三田が改まった口調でいった。「そしてこの写真の指紋と照合させてください。あなたがあの家に行ってないのなら、当然一致するわけがなく、断る理由もないはずです。お願いいたします」

刑事の目に冷徹な光が宿っているのを見て、黒須は確信した。すでに指紋の照合は済んでいるのだ。劇団には黒須の私物がいくつもあるから、採取するのは難しくない。そして指紋が一致したことを確認した上で、この刑事たちはやってきたのだ。

それにしてもなぜだろう。なぜあの指紋が残っていたのか。

黒須はテーブルに置かれた写真に目を向けた。出窓に置かれたクリスマス・ツリーを見た途端、不意に違和感が生じた。

ツリーは窓のちょうど真ん中あたりに置かれている。だがあの夜、庭から弥生と向き合った時、ツリーは真ん中にはなかった。少し左側に——室内から見れば右側に寄っていた。

はっとした。とてつもない考えが浮かび上がってきた。

ワインにマンドラゴラの毒を仕込む際、黒須は弥生に背中を向けていた。もしかするとあの時に彼女はツリーを移動させ、彼の指紋を隠したのではないか。さらにその横に自分の指紋を付けておく。彼に自分の指紋と錯覚させるためだ。

だがこの仮説が成立するためには大きな前提が必要だ。

弥生は、黒須が彼女を殺そうとしていたことを知っていたのか。

まさか、と思う。だがそう考えれば、すべての辻褄が合うのだ。

マンドラゴラの毒は、一種の監視装置だったのかもしれない。留守中に白い粉が減っていることに気づいた弥生は、黒須の殺意を見抜いた。そこで彼女が選んだ道は、黒須に殺されるのではなく、自ら命を絶ち、殺人の罪を彼になすりつけるというものだった。

なぜなら、そのほうが黒須に与える精神的苦痛が大きいからだ。これは彼女の、命を懸けた復讐なのだ。

「どうしました？　顔が真っ青ですよ」三田がいった。

黒須は唇を舐め、口を開いた。

「すみません、嘘をついていました。彼女とは別れていませんでした。何日か前にも彼女の家に行って……指紋はその時に付いたものだと思います」

「何日か前？　いつですか」

「イブの……二日前だったかな」

三田は、げんなりしたように顔を歪めた。

「黒須さん、白状する気になったのなら、全部きちんと話したらどうですか。イブの二日前？　そんなわけないんですよ。家政婦さんがいるのを御存じですよね。遺体を見つけた女性です。その人はイブの日にも樅木さんの家を訪れて、居間もきちんと掃除したそうです。どこもかしこも奇麗に拭いたとおっしゃってます。あなたの指紋が残ってるとしたら、その後しか考えられないんです」

刑事の手筋は完璧だった。じわりじわりと黒須を追い詰めてくる。

「わかりました。正直にいいます。家に行ったのはパーティの前です」

「前？　パーティの後ではなく？」

「夕方です。パーティの前に二人だけで会いたいと彼女がいったので……」

三田が手を横に振った。

「見え透いた嘘はやめなさい。あなたが朝から稽古場にいたことは、多くの人間が証言しているんだ。マネージャーさんも、夕方以降もあなたの声が部屋から聞こえてきたといっている」

「それは――」

録音したもの、という言葉を呑み込んだ。なぜそんなアリバイ工作をしたのか、と問われた時、答えようがなかった。

「そうです。嘘です。彼女の家に行ったのはパーティの後です」

三田が頬を緩めた。「ようやく本当のことを話す気になったかね」

「でも、殺したのは僕じゃありません。僕は部屋で乾杯しただけです。彼女が亡くなったのは、その後です。僕は事件とは無関係です」

「なるほど、そうきましたか」三田の顔から笑みが消えた。「ちなみに、どんな酒で乾杯したんですか」

「もちろんワインで、です」

「そうですか。では、なぜあなたは無事なんですか」

「無事って?」

「いったでしょ。毒はボトルにも入っていたんです。乾杯したのなら、あなたも今頃はあの世に行ってなければおかしい」

「あっ……」

黒須は口を半開きにし、息を吐いた。その瞬間、すべてがどうでもよくなった。

「どうですか。まだ言い逃れを続ける気ですか」三田が冷めた声でいった。

黒須は首を振った。観念したほうがよさそうだ。殺人計画について白状するしかない。罪に問われるだろうが、殺人罪よりは軽いだろう。

だが果たして警察は信用してくれるだろうか。

「聞いてもらえますか。かなり長い話になるんですが」黒須は力のこもらない声でいった。

「構いませんよ。商売柄、長い話を聞くことには慣れています。場所を変えましょう」

三田は腰を上げた。

黒須は再びテーブルの写真を見た。クリスマス・ツリーを見て、あの日の弥生の言葉を思い出した。

「十字架ってタブーなんですか」

「はあ？」三田が目を丸くした。

「ツリーに十字架を飾るのはタブーだって聞いたんですけど、本当ですかね」

さあ、と三田は首を捻っている。あまり興味はなさそうだ。

すると若い刑事が口を開いた。

「クリスマスはキリストの誕生を祝うという意味があるので、死を連想させる十字架はふさわしくないという説があります」

「死を連想？」

「あくまでも一つの説ですが」

「あ、そう。ありがとう」

クリスマスに死はタブーよ、と弥生はいいたかったのだろう。全くその通りだ、と黒須は思った。

水晶の数珠

1

電話がかかってきたのは、直樹(なおき)がバイト先の鉄板焼きレストランで華麗な包丁さばきを披露している時だった。調理服の下でスマートフォンが震えているのはわかったが、かまわず両手を動かし続けた。肉を切り刻むだけでなく、炎を高く燃え上がらせたりして、カウンターに向かっている客たちを喜ばせる。今夜は小さな子供もいたので、いつも以上にパフォーマンスに力を入れた。そうこうするうち、スマートフォンはおとなしくなった。

コの字形に配置された鉄板を囲んでいる客は八人で、そのうちの三人は日本人だった。しかし旅行者ではなくボストン在住の家族らしいということは、会話でわかった。子供は十歳ぐらいの男の子だ。

「こんな近くに鉄板焼きを食べられる店があるとは知らなかったなあ」父親と思われる男性がいっている。「しかも結構リーズナブルで助かった」

「ほんと。ニューヨークまで行かないと無理だと思っていたものね」応じるのは妻らしき女性だ。

「いつでもいらしてください。鉄板焼き以外にも、いろいろと日本食がございます」焼き上がった肉を各自の皿に分けながら直樹はいった。

「そうさせてもらいます。うどんや丼物があるのは嬉しいし」そういってから女性は直樹の顔を見上げた。「ところでさっきから気になっているんだけど、コックさんの顔、どこかで見たことがあるように思えてならないの」

「そうですか。ありふれた顔ですからね」

「そんなことないわよ。コックにしておくのはもったいないぐらいのハンサムじゃない。ねえ？」

「ああ、いい男だ」夫のほうは、きちんと直樹の顔を見もしないで相槌を打ち、箸を動かし始めた。話を合わせているだけで、興味がないのだろう。

「ありがとうございます。では、ごゆっくりどうぞ」直樹は頭を下げた後、一旦厨房に下がった。

　スマートフォンを取り出し、履歴を確認した。驚いたことに、かけてきたのは日本にいる姉の貴美子（きみこ）だった。電話番号を教えてはあるが、めったにかかってきたことはない。メールも入っていて、大事な話があるので手が空いたら連絡がほしい、とのことだった。

メールを打つのが面倒だったので、電話をかけた。

「もしもし、直樹ね？」すぐに繋がり、貴美子の声がいった。国際電話と思えぬほど明瞭に聞こえる。

「そうだけど、何か用？　そっちの時刻はわからないけど、こっちは仕事中なんだ」

「じゃあ、単刀直入に話す。あなた、来週の十四日に帰ってこられない？　日本時間の十四日だから、そっちは十三日ってことになるのかな」

「何だよ、ずいぶん急な話だな。その日に何かあるのか」

「忘れたの？　十四日はお父さんの誕生日。だから、ささやかながらもパーティをしてあげようと思って」

「はあ？　何だよ、それ。そんなことでアメリカまで電話してくるなよ。こっちは忙しいんだ」

「帰ってきてほしいの。どうしても」

姉の言葉には思い詰めたような響きがあった。それが気にはなったが、「無理に決まってるだろ」と答えるしかなかった。「そんなことのためだけに帰れるかよ」

「でも、もう最後なのよ」

「何が？」

「お父さんに会えるのが」

ぎくりとして一瞬返答に詰まった。息を整えてから、「どういうことだ」と訊いた。

「癌。末期癌。肝臓と膵臓と……いろいろ転移してる」

心臓の鼓動が速くなった。思いも寄らない話だった。「俺は聞いてない」

「お母さんと話し合って、直樹にはぎりぎりまで知らせないでおこうってことになったの。たぶん大事な時期だろうからって」

またしても返す言葉が見つからなかった。皆に気遣われていることを思い知った。

「癌……か。もう、だめなのか？」

「お医者さんからは手の施しようがないって。いつどうなってもおかしくないって。本人は元気そうにしてるけど、たぶんあちこち辛いはずよ」

直樹はスマートフォンを握りしめた。あの父がもうすぐ死ぬ。最後に会った時には、憎らしいほど矍鑠としていたのに。こうして話を聞いているだけでは、まるで実感が湧かなかった。

ねえ、と貴美子がいった。「帰ってこられない？　最後に、直樹の顔をお父さんに見せてあげたいんだけど」

直樹は深呼吸してから口を開いた。「俺なんかに会いたくないんじゃないか」

「なんでよ？」

「なんでって、そんなこといわなくてもわかるだろ。こっちは勘当された身なんだぜ。もう七年も会ってない。親父にしてみりゃ、今さらどの面さげて帰ってきたってところだろうさ」

「そんなわけないでしょうっ」貴美子は即座にいった。「どこの世界に、死を前にして実の息子に会いたくない父親がいるの？　いろいろあったし、口では何もいわないけど、会いたがってるに決まってる。お父さんだって、自分の残された時間が少ないことはわかってる。だからお願い、帰ってきて」

姉の発する言葉の一つ一つが、直樹の胸の奥底で響いた。単なる意地だけの頑なな態度などは許さない気迫があった。

「来週、オーディションがあるんだ」声を落として直樹はいった。「俺にとって、かなり大きなチャンスだ。それを逃すわけにはいかない」

「オーディションか……。そうだったの。どうにもならない？」

直樹は頭の中で計算を巡らせた。

「誕生日パーティは日本時間の十四日か。だとしたら、翌日の早い便でそっちを発てば、ぎりぎり間に合うけど」

「そういうこと……。それはちょっと大変かな」貴美子の声のトーンが下がった。無理強いはできないと思い始めたのだろう。

「少し考えさせてくれ。その気になったら帰る。でも無理かもしれない」

「わかった」

「仕事があるから、もう切るぜ」そういって電話を切った。

客たちのところへ戻る前に洗面所へ行き、身なりを整えた。鏡に映った顔を見て、父の真一郎を思い出した。父親に似て男前だといわれるのが、昔からあまり嬉しくはなかった。

度会家は地方都市の名家だ。代々、地元の政財界を支えてきた。真一郎も、いくつかの企業を経営している。

直樹は地元の国立大学を卒業後、真一郎が会長を務める地元の電子部品製造会社に就職した。もちろん特別待遇などではない。ほかの社員と同じように教育され、仕事ぶりを比較され、評価されていた。

その会社を一年あまりで辞めたのは、そうした扱いに不満があったからではない。与えられた仕事が嫌になったわけでもない。理由はただ一つ、ほかにやりたいことがあったからだった。

それは芝居だ。高校時代から演技、特に映画に興味があった。大学に入ってからはサークルで映画を自主製作したりした。主役はいつも直樹だったが、誰も文句をいわなかった。夢はハリウッド映画に出ることだ。

就職した後も、ずっと悩み続けた。役者になりたいという夢を捨ててしまっていいものかどうか。このまま会社員として暮らし、悔いのない人生といえるのか。

悩んだ末、誰に相談することもなく結論を出した。やりたいことをやろう。進みたい道を進むのだ。どんなことになろうとも、すべて自分の責任だと腹をくくった。挑戦なくして幸せはない。自分の人生だ。誰にも文句はいわせない。

だが無論、方々から文句が噴出した。最も怒ったのは、真一郎だった。

「たった一年で仕事を放り出すような人間は、何をやったって無駄だ。役者になりたいだと？　ハリウッド映画？　笑わせるな。ものになるものか。せいぜい、役名も台詞もないその他大勢で終わるのがオチだ。そんなことのために、子供の頃から英会話を習わせていたわけじゃない。馬鹿なことをいってないで会社に戻れ。退職願はなかったことにしてやる。私が話をつけてやろう」

「仕事を放り出したわけじゃない。与えられていた自分の業務には、すべてきちんとけりをつけた。ほかにやりたいことがあるんだから仕方ないだろう」

「甘えるな。誰だって今の仕事や立場に満足しているわけじゃない。その中から生き甲斐を見つけだしていくものなんだ」

「夢を捨てて、生き甲斐もくそもあるもんか」

「そういうのを甘えというんだ。今まで誰のおかげで裕福な暮らしができていたと思う？　今度は自分が貢献する番だと思わんのか」

「だからそれは別の形でやるといってるんだ」

「ふざけるな。夢物語に付き合えるほどこっちは暇じゃない」

「誰も親父に付き合えとはいってない」

「一人息子が呆けているのを度会家の当主が放っておけるか」

親子のやりとりは、どこまでいっても平行線だった。業を煮やした真一郎は、ついに最後の切り札を出した。直樹を勘当するといったのだ。

「そこまでいうなら好きにしたらいい。しかしもう親でも子でもない。当然、一切援助はしない。どこかでのたれ死にしようとも、骨も拾ってやらんからそう思え」

わかった好きにする、といって家を出たのが七年前だ。それからすぐに渡米し、アルバイトをしながら演技の勉強をした。幼い頃から英会話を習っていたので言葉で困ることは殆（ほとん）どなかった。

しかし英語を話せることなど、役者に限らず、アメリカで成功しようとする人間にとっては当然のことなのだった。現実は覚悟していたよりも厳しかった。日本での実績もなしに仕事にありつけるほど、芝居の世界は甘くない。そもそも日本人俳優のニーズ自体が多くないのだ。たまにあっても、大勢の韓国人や中国人の役者たちと競わねばならない。役柄が日本人だとしても、アメリカ人スタッフの目に違いはわからない。

それでもインディーズの作品やCMなどに出ているうちに、たまに大手の制作会社からも声がかかるようになった。もちろん台詞のない、端役ばかりではあったが。先程の女性客が、直樹のことをどこかで見たことがあるといったのも、どれかの作品を目にしていたからだろう。

そして今回だ。全世界に配給される予定の大作映画が作られることになったが、物語のキーパーソンが日本人という設定だ。その役をオーディションで決めるという。無名の役者でも大歓迎というのは、いかにもチャンスの国らしい。早速申し込んだところ、書類審査を通過した。じつはそれだけでも大変なことなのだった。

直樹の夢は膨らむ。オーディションで役を射止め、完成した映画が日本でも大ヒットしたら、馬鹿にした者たちの鼻を明かしてやれる。凱旋帰国した時、あの父はどんな顔をするのだろうか。それが一番の楽しみだった。

もっとも――。
先程の姉の話によれば、仮にオーディションに受かったところで、どうやらそれまで父の寿命がもつことはなさそうだ。

2

成田空港から都心に向かう列車から外を眺め、本当に帰ってきたのだなと直樹は感慨に浸った。日本を離れていたのはたったの七年間だし、今見ている風景は特に馴染み深いものでもなかったが、何となく遠い記憶が刺激されるような気がした。

皆と会ったら、まずどんな言葉を口にしようか。近況を尋ねられたら、どう答えればいい？　たぶん下手な嘘はつかないほうがいいだろう。虚栄を張っている人間を相手にするのは疲れるものだ。苦労している、なかなかうまくはいかない、でもがんばっている、と正直に話したほうが却って安心してもらえるのではないか。うん、そうしよう。格好をつけるのはよくない――心の中で方針を決めた。

東京駅に着くと新幹線乗り場に向かった。実家に帰るには、ここから新幹線に二時間ほど乗らねばならない。

切符を買おうと窓口に近づきかけた時、ポケットの中でスマートフォンが震えた。貴美子だろうかと思ったが、表示されているのは、まるで知らない番号だった。

はい、と出てみた。

「直樹か」相手が尋ねてきた。低く、しわがれた声だ。聞くのは七年ぶりだったが、相手の顔がすぐに頭に浮かんだ。

「そうだけど」

「私だ。わかるな」

「ああ……親父だろ」

「そうだ。おまえ、今、どこにいる？」

「どこって……何で、そんなことを訊くんだ」

「訊かれたことに答えろ。どこにいる？　もう日本に帰ってきてるんだろ」

どうやら真一郎は直樹の帰国を知っているようだ。貴美子から聞いたのだろう。今日帰ることは彼女にだけは伝えてある。

「東京駅だ。今から新幹線に乗る」

「ふうん、そうか。ようやく気づいたか」

「気づいた？　何に？」

「自分がいかに馬鹿な夢を見ていたかってことにだ。しかしまあいい、気にするな。若い頃には、いろいろと勘違いするものだ。誰もが自分のことをダイヤモンドの原石だと思ってたりする。私も昔は――」

「ちょっと待ってくれ」直樹は真一郎の言葉を遮った。「何の話をしてるんだ。馬鹿な夢って何だ」

「だから昔、おまえが吹いた大法螺（おおぼら）のことだ。ハリウッド映画に出るとか何とかいってたじゃないか」

　法螺といわれ、かちんときた。

「その夢はまだ続いている。別に捨てたわけじゃない」

　ふん、と鼻を鳴らす音が聞こえた。

「諦めたんじゃないのか。だからこそ、のこのこ帰ってくるんだと思っていたんだが、そうじゃないのか」

「諦めるわけないだろう。いっておくが、挫折して帰国したわけじゃない。親父の誕生日だから帰ってこいと姉さんに頼まれて、渋々飛行機に乗ったんだ。パーティに顔を出したら、すぐにトンボ返りするつもりだ。大事なオーディションがあるからな」

　今度は舌打ちする音が直樹の耳に入ってきた。

「やめておけ。おまえみたいな者が受かるわけがない。このまま日本に残って、まともな仕事に就け。働き場所は私が用意してやる」

「余計なお世話だ。受かるかどうか、やってみなきゃわからんだろうが」

「わかるよ。勝負に勝つ人間というのは、隙なく万全の準備をするもんだ。大勝負の前にふらふらと帰国するような人間に、勝利の女神が微笑むものか」

「自分の誕生日を祝うために遠路はるばる帰ってくれた人間に、その言いぐさかよ」

「祝ってくれなんて、私は頼んじゃいないぞ。そもそもこの歳で誕生日なんぞ、嬉しくも何ともない。しかしまあいい。せっかくだから帰ってこい。会って、ゆっくりと話し合おう。おまえの今後について」

「その必要はない」直樹はスマートフォンを耳に当てたまま踵を返した。「そんなことをいわれてまで帰る気はない。俺はこのままアメリカに戻る。戻って、オーディションの準備をする」

「馬鹿なことはよせ。無駄だ」

「親父に会うほうが、よっぽど無駄だ」そういい放ち、電話を切った。さっき降りたばかりの乗り場に向かい、大股で歩きだす。もしかすると父が再びかけてくるかもしれないと思ったが、それ以後着信はなかった。もちろん直樹のほうからかける気もない。

複雑な思いを抱え、成田空港に向かう列車に乗った。つい先程まで眺めていた風景を再び目にしながら、貴美子に電話をかけた。すぐに繋がった。

「直樹ね。無事に着いたみたいね。今、どこにいるの？」何も知らない姉は、明るい口調で尋ねてきた。

「東京駅まで行ったけど、成田空港に引き返しているところだ」

「えっ？　どういうこと？　何があったの？」当然のことながら貴美子は当惑した声で訊いてきた。

「事情は親父に訊けばわかる。とにかく俺は帰らないことにした」

「お父さん？　どうしてそういうことになるの？」

「だから親父に訊いてくれればわかるよ」

みんなによろしく、といい、貴美子の返事を待たずに電話を終えた。スマートフォンをポケットに戻しながら、たぶん親父とはもう会えないのだろう、と考えていた。最後まで自分の夢を理解してもらえなかったことが無念だったが、一方で、親子といっても相性が悪く、縁がないということもあり得るのかな、などとやけに冷めた思いを抱いてもいるのだった。

3

次に直樹が日本に帰ったのは、前回の帰国から三週間後のことだった。前と同様に成田空港から東京駅に出て、新幹線に乗った。今回は真一郎から電話がかかってくることもなかった。当然だ。その父はすでに他界していた。

お父さんが亡くなった、できれば通夜と葬儀に出てほしい、と貴美子から連絡があったのは二日前のことだ。容態が急変し、危篤状態にあることはその前から聞いていたので、いつでも帰国できる準備は整えてあった。

実家に帰ると母の聡代(さとよ)や姉の貴美子が、通夜の準備で忙しそうにしていた。それでも久しぶりに帰った直樹の顔を見て、あれこれと質問してくる。

「お父さんの誕生日パーティに帰ってくるって貴美子から聞いて、楽しみにしていたのに」聡代が恨みがましい口調でいった。

「それについては姉さんに電話で説明しただろ」直樹は姉を見た。

「そのことだけど、どうもよくわからないの。直樹にいわれてお父さんに尋ねてみたんだけど、何もいわなかったのよ。あいつのことなんか放っておけというだけで。一体、たんだよ」

「東京駅に着いて、さあこれから新幹線に乗ろうって時に、親父から電話がかかってき

何があったの？」

直樹は三週間前の真一郎とのやりとりを話した。

貴美子は聡代と顔を見合わせ、首を捻った。

「おかしいわねえ。どうしてお父さん、直樹が帰ってくることを知ってたのかしら」

「姉さんが話したんじゃなかったのか」

「話してないわよ。そもそも誕生日パーティ自体、お父さんを驚かすためのサプライズだったんだから」

貴美子によれば、パーティは真一郎が入院していた病院の特別室を借りて行われたらしい。親戚だけでなく、古くからの友人や知人にも集まってもらい、にぎやかなものになったということだった。

「直樹から電話をもらった時は、まだパーティの準備中だった。お父さんは何も知らなかったはずよ」

「誰かが話したんだろ」

「そんなことはないと思うんだけど。それに直樹が帰ることを知っていたのは、私とお

母さんだけだし」

「私は話してないわよ」聡代がいった。

「大体、お父さん、どうやって直樹の電話番号を知ったのかな」貴美子が眉間に皺を寄せた。

「それもまた姉さんが教えたんだろうと思ってたんだけど」

直樹の渡米後の電話番号を教えてある相手は貴美子だけだった。

「教えてないわよ。訊かれもしなかったし」

「じゃあ、どういうことなんだ」

「それがわからないから、不思議がってるんじゃない」

たしかに奇妙な話だった。真一郎はどんな手品を使ったのか。

もう一つ、気になっていることがある。真一郎は、なぜあのタイミングで電話をかけてきたのか。あんな電話をかけてこなければ、あのまま直樹は実家に帰っただろう。直に会って説教したいのなら、それを待てばよかったはずだ。

「ところで直樹、オーディションはどうだったの？」貴美子が訊いてきた。

一番訊かれたくないことだった。直樹は肩をすくめた。「だめだった」

姉は露骨に失望の色を示した。「なんだ、そうだったの」

「最終選考までは残ったんだけどね」

嘘だった。実際には、その手前で落とされたのだ。理由はわからない。選考担当者たちは、落とした理由をいちいち説明したりはしない。彼等は必要な人材をピックアップするだけだ。直樹は彼等の映画に必要だとは思われなかった、ただそれだけだ。当初、映画のプロデューサーは日本人役には日本人が望ましいといっていて、それで有利だと浮かれていたのだが、最終選考に残ったのは韓国人と台湾人だった。

ショックで、しばらく立ち直れなかった。いや、今も立ち直ってはいない。何をする気も起きず、無為に毎日を過ごした。もう役者になる夢は諦めたほうがいいのかな、という思いも芽生え始めていた。そんな時、真一郎の訃報が届いたのだった。

4

地元の名士にふさわしく、通夜は盛大に行われた。通夜振る舞いなどは、ちょっとしたパーティだ。未亡人の聡代は、地元の有力者や会社関係の人間たちへの挨拶に大変そうだった。長男でありながら家を離れていたせいでそうした役割を担わなくていい自分の立場が、直樹は少し申し訳なくなった。

彼等が引き上げると、直樹たち遺族の周囲には、親戚の輪ができた。七年ぶりに実家に帰った度会家の長男を、彼等は温かく迎えてくれた。アメリカで役者修業をしていることは皆が知っている。真一郎が最後まで許さなかったということも。近況を訊かれたので、相変わらず下積み生活です、と正直にいった。

「大丈夫だよ、直樹君は。何しろ、度会家の長男だ。きっと成功する」断定的にいったのは、真一郎の従兄にあたる人物だ。

「そうよねえ。何たって、度会家の血を受け継いでるものねえ」伯母も同調した。

直樹は苦笑した。「血だけで成功したら、苦労しないですよ」

すると先に発言した男性は、真面目な顔でかぶりを振った。

「度会家の血だけは馬鹿にしちゃいけない。本当の勝負はここからだ。度会家の跡継ぎは、前当主が死んでから本領を発揮する。直樹君だって、水晶の数珠のことは聞いているだろう？」

「ああ……それはまあ」

「真一郎さんが亡くなった今、あれを受け継ぐのは君だ。是非とも、代々の当主に負けない実績を残してくれ。何も、事業を成功させろとか、たくさんの財産を残せとかいってるんじゃない。度会家の長男としてふさわしい行動を貫いてくれればいいんだ。そうすれば結果は後からついてくる。それがあの数珠の力だ」

意気込んだ言葉に直樹は無言で小さく首を傾げる。

水晶の数珠とは、度会家に代々伝わる品だ。当主が死んだ時、後継者に与えられる。数珠には不思議な力があり、度会家に富をもたらし、危機から救ってくれるといわれている。ただしその力を引き出す方法は、後継者にしか知らされない。

「直樹さん、数珠の力を疑ってるんでしょ」伯母が上目遣いに睨んできた。

直樹は頭を掻いた。

「正直なことをいえばそうです。数珠は単なる象徴で、要するに度会家の長男としての自覚を持てってことじゃないんですか」

するとと周りにいた親戚のほぼ全員が、いやいや、と首を振った。

「君は何もわかっておらんな」

「数珠のことをそんなふうに思っているとは」

「決してそんな簡単な話ではないのよ」

皆が口々に呆れたような言葉を発した。

「ちょっといいかね」親戚の中では長老格にあたる真一郎の従兄が再び話し始めた。

「直樹君がそんなふうに思うのも無理はない。しかしね、代々、そうなんだ。あの数珠を受け継いだ者は、その日から人が変わる。度胸が据わり、勝負強くなる。真一郎さんもそうだった。若い頃は、こういっては何だが、むしろ臆病なほどだった。ところが数珠を受け継いでから人が変わった。まさに豪胆で恐れ知らずになった。そして勝負強い。ビジネスの世界で、一世一代といえるような勝負を何度も仕掛けて、ことごとくものにした。ひとたび勝負すると決めたら、周りの誰が止めても聞く耳を持たなかった」

「私たちの父さんもそうだったわよ」伯母がいった。「直樹君にとってはお祖父さんになるわけだけど、あの人も勝負強かった。堅実な人柄だったけど、生涯一度きりといえる大相場に勝って一財産築いたのよ。話を聞いてみると、私たちのお祖父さんもそうだったみたい。水晶の数珠を手にした度会家の長男は、ここ一番の勝負には絶対負けないの。決して偶然じゃないわ」

まさかと思ったが、直樹は否定しないでおいた。数珠の力を信じている年寄りたちには何をいっても無駄だと思ったからだ。

「しかし数珠の力をもってしても、病気にだけは勝てなかったんだなあ」別の親戚の男性が、しみじみとした口調でいった。「真一郎さん、もっと長生きしたかっただろうに。悔しかっただろうなあ」

するとここで聡代が、「いえ、それがそうでもないんですよ」と口を挟んだ。「本人は、癌でよかった、といってましたから」

「何だい、それは。どういうことかね」

「人間いつかは死ぬ。老衰が一番いいが、そうでないなら癌でいい。残された寿命を味わいながら死んでいくのも悪くないって。あの人によれば、脳梗塞とかクモ膜下出血とかで意識不明になって、そのまま死んでしまうのが最悪だったみたいです。だから脳の病気には、ひどく気をつけてました」

そのことは直樹も心当たりがあった。血圧が高くなると脳によくないといって、塩分の高いものは控えていた。

「事故にも用心してたわね」貴美子がいった。「特に交通事故。飛行機や船は怖くないけど車は怖いって、いつもいってた。飛行機や船なら、たとえ事故が起きても死ぬまでにある程度時間があるけど、車の事故は一瞬。下手をすれば何が起きたかわからないまま死んでしまうこともある、それが一番嫌だって」

皆から笑い声が漏れた。

「変わった価値観だなあ」

「死に方にこだわるなんてね」

「仕事ができる分、少し変人だった」

皆が口々にいった。いつの間にか水晶の数珠から話がそれている。それを聞き、直樹は内心安堵していた。話が度会家の跡取り息子としての責任や義務といった方向に進むのが、彼としては最も避けたいことだった。

5

通夜振る舞いが終わると、斎場にはごくわずかな人間しか残らなくなった。今夜は家族だけで泊まることになっている。直樹が葬儀会場に行ってみると、貴美子が棺を前にしてパイプ椅子に座っていた。

お疲れ、といって直樹は姉の隣に腰掛けた。お疲れ様、と彼女は答えた。

「あなた、アメリカにはいつ戻るの?」

直樹は低く唸った。

「まだ決めてないけど、葬儀が終わったらと思ってる」

「そう。役者になることを反対してたお父さんも死んじゃったことだし、これで心機一転がんばれるんじゃない?」

「今までだって、親父のことなんて気にしてなかったよ」それに、と続けた。「とりあえずアメリカには戻るけど、じつはそろそろ潮時かなと思ってるんだ」

貴美子が驚いたような顔を向けてきた。「役者を諦めるってこと？」

「まあ、そういうことかな。七年やってみて、いろいろとわかった。あの世界で成功するには努力だけじゃだめだ。持って生まれた何かが必要なんだ。で、俺にはそれがない」

「何よ、それ。ずいぶん弱気ね。啖呵(たんか)を切って家を出ていった時の勢いはどうしたの？」

「現実を知ったということだ。オリンピックの百メートル走で日本人は金メダルを獲れないというのと同じだ」

「数珠があるじゃない。不思議な力を持った水晶の数珠。これからは、あなたのものよ」

直樹は肩をすくめ、顔をしかめた。「あんな話、信じてるのか」

「でもあのお父さんだって、お祖父ちゃんが死んでから変わった。それは私も感じた。それまでは、あんなに肝(きも)の据わった人じゃなかった。あなたは小さかったから覚えてないかもしれないけど」

「覚えてないな。物心ついた時から、親父はああいう人間だった」

直樹は祭壇に飾られた遺影を見上げた。ゴルフ焼けした真一郎が、尊大に座っている写真だ。今にも皮肉をいいそうに口元を曲げているが、本人は笑っているつもりかもしれない。

直樹、と後ろから呼ばれた。聡代が近づいてくるところだった。

「午前零時を回ったわ」

直樹は腕時計を見た。その通りだった。針が午前零時三分を指している。

「それがどうかしたか」

聡代は持っていたバッグを開け、紫色の袋と封筒を出してきた。

「通夜の午前零時を過ぎたら渡すことになっているの」

直樹は立ち上がり、母から差し出された二つの品を受け取った。紫色の袋の中に入っているものを取り出すと、水晶の数珠だった。一見したところ傷一つなく、妖しげに光を反射させている。

そして封筒には毛筆で『遺言状　度会直樹殿』と書いてあった。

じわり、と腋の下に汗が滲んだ。発すべき言葉が思いつかない。

貴美子、と聡代は娘の名を呼んだ。「直樹を一人にしてあげましょう」

うん、と頷いて貴美子は立ち上がり、直樹の手元を一瞥（いちべつ）した後、黙って出口に向かった。

「お父さんのそばで、じっくりと読めばいいわ」棺を見てから聡代はいった。「邪魔しないから」

「これ、どんなことが書いてあるんだ」直樹は封筒を示した。

聡代は呆れたように吹きだした。

「そんなこと、私が知るわけないでしょ。でも——」真顔に戻って続けた。「あなたの人生にとって、とても大切なことが書いてあるはず。それだけはたしか」

「数珠の力を信じろ、とか？」

「そうかもしれないわね」真面目な顔で息子の皮肉を込めた台詞をさらりと流し、聡代もまた会場を出ていった。

直樹は再びパイプ椅子に腰を下ろした。封筒はぴったりと糊付けされている。

遺影を見上げた。悠然たる表情の真一郎は、心して読め、と語りかけているようだった。

直樹は深呼吸をひとつした後、封筒の端を指先で摘まんだ。そのまま慎重に封を破った。

折り畳まれた便箋を取り出した。どうせ大したことは書かれていない——そう思いながらも心臓の鼓動が速くなるのを感じた。ゆっくりと便箋を開いていく。

中には真一郎の手書きの文字が並んでいた。書き出しは、『これは度会真一郎による遺言状である。これを読む人間はただ一人、度会直樹である。』というものだった。そして一行あけ、直樹へ、と記されていた。直樹は唾を呑み込もうとしたが、口の中はからからに乾いていた。

『直樹へ

おまえは今どんな気持ちで、これを読んでいるだろうか。どうせ説教めいた文章がだらだらと並んでいるんだろうとか思っているのではないか。あるいは愚にもつかない精神論に付き合わされるのではないかと警戒し、うんざりしているかもしれないな。だが心配無用だ。この遺言状はそういうものではない。度会家で跡継ぎに代々伝えられることは、そういう性質のものとは全く異なる。

この遺言状は一言でいえば取扱説明書である。

何の、というのはいうまでもなかろう。無論、水晶の数珠だ。あれをどのように使うかを私はおまえに伝えておかねばならない。

おまえのげんなりした顔が目に浮かぶ。またその話か、といったところだろう。おそらく親戚連中から、迷信や妄想としか思えない話をたっぷりと聞かされたに違いないからな。

しかし見くびってはならない。水晶の数珠は単なるお守りや象徴などでは断じてない。明確な力を備えた秘術の品なのだ。その力は巨万の富にも匹敵する。いや、決して金では買えないという点を考えれば、それ以上ともいえるだろう。

残された時間は少ないし、もったいぶるのは好みではないので、前置きはここまでとしよう。その力とはどういうものなのかを説明する。

それは時を戻す力である。

水晶の数珠を両手で握り、ある呪文を唱えれば、過去に戻れるのだ。現代風にいえば、タイムスリップということになる。これこそが度会家に伝わる秘技であり、一族を繁栄させてきた根源であり、窮地を救った切り札でもある。

おそらく信じられないであろう。私も父から教えられた時には受け入れられなかった。だが真実なのだ。私の父は、この力を使い、人生最大の相場で財を成した。相場の結果を知ってから過去に戻り、その相場に全財産を注ぎこんだというわけだ。

ただし、この力は生涯に一度しか使えない。そして戻れるのは一日だけである。また一度使えば、その人間が死ぬまで、次の人間が使うこともできない。

いつ、どのように使うかは自由だ。自分で決めればいい。競馬の万馬券に賭けるというのなら、それでも構わない。絶体絶命の危機に陥った時のために取っておくという手もある。

力をどのように使うべきか、じっくりと考えることだ。この力の真の素晴らしさに気づいた時、おまえはひと回り大きな人間になれるだろう。

無論、私も使った。人生で最も大切だと思った時に使った。その詳しい内容は敢えて伏せておこう。野暮というものだ。

他言は無用。私と同様、遺言にて継承者に伝えることを勧める。

文末に呪文を記しておく。おまえがこの力を有意義に使うことを祈る。

度会真一郎』

6

通夜以上に派手な葬儀が執り行われた日の翌朝、直樹はアメリカに向かうべく家を出ることにした。玄関まで貴美子と聡代が見送りに出てくれた。

「部屋の片付けや諸々の手続きに一週間ぐらいはかかると思う。全部済んだら、また連絡するよ」

「それが終わったら、すぐに帰ってくるのね」聡代が訊いた。

「そのつもりだ」

「で、日本に帰ってきてどうするの？」貴美子が意味ありげな目を向けてきた。「お父さんが残した会社で働くわけ？」

「それも選択肢の一つだ。いけないか？」

ううん、と姉は首を振った。「直樹の好きにすればいいと思う」

「心配しなくても、親の遺産で遊んで暮らそうとは思っちゃいないよ」

「そんな心配なんかしてない。ただ後悔してほしくないだけ」

姉の言葉が、ちくりと胸を刺した。だが痛みを顔に出さぬよう気をつけた。

じゃあ、と二人にいって歩きだした。

駅に着くと、在来線に乗った。幸いすいていたので、四人がけのボックスシートを占拠できた。

新幹線に乗り換える駅までは二十分ほどだ。旅行バッグを開け、内ポケットに突っ込んだ封筒を取り出した。例の遺言状だ。すでに十回以上読んでいて、内容はほぼ頭に入っているが、つい何度も読みたくなるのだ。夢ではないことを確認したいのかもしれない。

そして読み終え、ため息をつく。毎度のことだ。

ここに書いてあることは事実なのだろうか。そもそも、これは本物の遺言状なのか。だが筆跡は間違いなく真一郎本人のものだ。そしてあの父は嘘や冗談で、こんなものを書く人間ではなかった。いや真一郎にかぎらず、自分の遺言状に夢物語のような嘘を書く人間はいないだろう。

つまり事実ということか。水晶の数珠には、本当に過去に戻る力があるのだろうか。遺言の文末には、カタカナが十六文字並んでいた。それが呪文らしい。文章にしては意味不明だが、さほど長くないので覚えるのに苦労はしない。というより、すでに頭に入っている。

遺言状をバッグに戻し、ジャケットの内ポケットを外から押さえた。少し膨らんでいるのは、そこに水晶の数珠が入っているからだ。

信じがたい話だった。一日だけ過去に戻れる――そんなことがあり得るのだろうか。試してみたいところだが、生涯に一度ということであればそういうわけにはいかない。

しかし遺言状の内容が本当なら、いろいろと腑に落ちるのだった。親戚の年寄りや貴美子がいっていた、臆病だった真一郎が突然豪胆さを発揮し、勝負強くなったことにも説明がつく。

勝負を賭けて失敗した場合でも、いざとなれば過去に戻ってやり直せるのだ。失敗しなければ、数珠の力は温存しておけばいい。つまり傍目には一世一代の大勝負に見えても、本人にとってはそうではなかったわけだ。

祖父は生涯一度の相場で一財産を築いたということだった。その後は、堅実に生きたと聞いている。遺言状によれば、その時に水晶の数珠の力を使ったということだから、その後はおとなしくするしかなかったわけだ。

一方、真一郎はビジネスの世界において、何度か勝負を仕掛けている。万一の場合は水晶の数珠に頼ろうと思いつつ、実際には使わずに済んだということかもしれない。だから何度も挑めたのだ。

では真一郎は、いつ使ったのだろうか。野暮だという理由で遺言状には記されていない。

気になる記述がある。水晶の数珠の使い途(みち)として、絶体絶命の危機に陥った時のために取っておくという手もある、と書かれていた。

通夜の際、真一郎の奇妙な考えが披露された。飛行機や船の事故なら死ぬまでにある程度時間があるが、車の事故は一瞬で何が起きたかわからないまま死んでしまうこともあるから怖い、というものだった。

その話もまた、真一郎が数珠の力を信じていたとすれば辻褄が合う。飛行機や船に乗っていて窮地に陥ったなら、前日に戻り、乗るのをやめればいいのだ。だが交通事故で即死となれば、数珠の力があっても逃れようがない。

真一郎が脳の病気を恐れ、癌でよかったと漏らしていたという話も思い出された。あれもまた数珠が関係しているのではないか。意識がなくなっては数珠を使えないから脳の病気はまずいが、癌はすぐに意識がなくなることはなく、数珠を使うチャンスが残るからよかった、ということではないのか。

ただもしそうなら、真一郎は癌で倒れた時点では、まだ数珠を使っていなかったことになる。だが遺言状には、使った、とはっきり書いてある。

考えれば考えるほど、わからないことだらけだった。数珠にそんな力があるのなら、たしかに心強い。一か八かの大勝負にも躊躇(ためら)いなく挑めるだろう。だがもし単なる言い伝えにすぎなかったらどうするのだ。過去に戻れると信じて勝負を賭け、何も起きずに失敗した人間はいないのだろうか。

直樹は頭を振った。考えても仕方のないことだ。数珠の力など信じないほうがいいのだという気もした。

そんなことより、今考えるべきなのは、次に帰国してからのことだ。役者になる夢を捨てて、一体どうすればいいだろう。やはり真一郎の会社に雇ってもらうのが現実的か。

やがて目的の駅に到着した。直樹はバッグを提げてホームに降り立ち、新幹線乗り場を目指した。

切符売り場に行くと、スーツを着た四十代ぐらいの男性が、カウンターの係員に向かって何やら喚いているところだった。

「新幹線が予定通りに動いていれば、うちが契約を取れるはずだったんだ。他社に横取りされたのは、こっちがスケジュールを変更したからだ。つまり、おたくの会社のせいってことだ。違うか?」男性の声は大きい。かなり興奮しているようだ。

「本当に申し訳ございません」窓口の男性が謝っている。

「悪いと思うなら、頭を下げるだけじゃなくて弁償したらどうなんだ」

「ですからそういうことは、こちらでは対応できませんので……」

「しかし切符の払い戻しをするのは、ここだろう?」

「そうですが、あなたのお話は払い戻しとは違いますので」

お客様、と直樹は別の窓口の男性から声をかけられた。「こちらへどうぞ」

直樹は窓口に行き、東京駅までの乗車券と自由席特急券を求めた。

隣の窓口では、先程の男性がまだ何かいって怒っている。

お待たせしました、といって係の男性が直樹の前に切符を並べた。「こちらが東京駅までの乗車券で、こちらが自由席特急券です」

「もういいっ」スーツの男性は怒鳴った。「おまえたちじゃ話にならん。こうなったら駅長にかけあう」そう吐き捨てて出て行った。

直樹は切符の代金を支払いながら、「何かあったんですか」と小声で訊いた。

係の男性が苦笑した。

「先月の墜落騒ぎの件ですよ。新幹線が動かなかったせいで仕事の取引がうまくいかなかったそうなんですが、こっちに怒りをぶつけられてもねえ」

「墜落騒ぎ？」

「ええ。うちも被害者なんですけどね」

そんなことがあったのか。アメリカにいたので全く知らなかった。ふだん日本のニュースには気をつけているのだが。

ホームで列車を待つ間に、直樹はスマートフォンで調べてみた。すると記事はすぐに見つかった。民間の小型飛行機が新幹線の線路上に墜落したらしい。そのせいで上下線共にストップし、最大で六時間の遅れが出たということだった。

さらに日付を見て、はっとした。先月の十五日の出来事だった。真一郎の誕生日パーティが行われた翌日だ。当初の予定では、アメリカ行きの飛行機に乗るため、直樹は朝早くの新幹線に乗るはずだった。

ということは——。

あの時東京駅から引き返していなければ、直樹はアメリカ行きの飛行機に乗れず、オーディションを受けることもできなかったことになる。

ふっと口元を緩めた。運がいいのか悪いのかわからない。もしそうなっていたら、今頃はまだ役者になる夢を捨てていなかっただろう。オーディションを受けてさえいれば、と悔しがっていたはずだ。あんな親父の誕生日パーティなんか、放っておけばよかったと後悔していただろう。

そこまで考えたところで、何かが頭の中で弾(はじ)けた。

なぜ真一郎は直樹がパーティに出席することを把握していたのか。なぜ直樹の電話番号を知っていたのか。そして、なぜあのタイミングで電話をかけてきたのか。

直樹はポケットを探り、水晶の数珠を取り出した。

想像を巡らせてみる。もしかすると真一郎は、直樹に電話をかけてきた時点で、二十四時間以内に起きることを知っていたのではないか。

サプライズで誕生日パーティが開かれ、そこに一人息子も現れる。久々の再会に、最初は少しぎくしゃくするかもしれないが、徐々に打ち解けた会話ができるようになる。やがて息子の電話番号も知る。翌朝、息子はオーディションを受けるため家を出る。ところがアクシデント発生。新幹線が動かない。息子はアメリカに戻る術を失い、最大のチャンスを逃すことになる――と。

いや、知っていたというより、真一郎にとっては実体験だったのではないか。

悲嘆にくれる息子のため、真一郎は、それまでの人生で使うことのなかった生涯一度きりの秘術をついに繰り出すことにした。一日だけ過去に戻ったのだ。そして東京に到着したばかりの息子に電話をかける。しかし本当の事情は説明できない。そんなことを話したところで、息子は父親の頭がおかしくなったと思うだけだろう。そこで憎まれ口を叩くことにした。わざと息子を怒らせたのだ。狙い通り、頭に血が上った息子はアメリカに引き返した。

まさかそんなことがあるわけない、偶然に決まっている――。

直樹は両手で頭を抱えた。突拍子もない想像だ。しかし考えれば考えるほど、それしかない、という確信のほうが大きくなっていく。

もしそうだとしたら、真一郎はたった一度の奇跡を、直樹のために起こしてくれたということになる。息子に夢を叶えさせてやりたいがために。あれほど反対していたのに。

胸の奥が熱くなった。直樹は遺言状の最後に書かれていた文面を思い出した。

この力の真の素晴らしさに気づいた時、おまえはひと回り大きな人間になれるだろう——。

その意味がわかった。自分のために使うことだけが、数珠が導く道ではないのだ。

父の遺志を無駄にするわけにはいかなかった。それに報いずして、水晶の数珠を受け継ぐ資格などない。軽々に夢を捨てようとした自分の愚かさに腹が立った。

ホームにアナウンスが流れた。間もなく列車が入ってくるようだ。

直樹はスマートフォンを取り出し、急いで貴美子に電話をかけた。

「何？　どうしたの？」姉は心配そうに尋ねてきた。

「予定を変更する」直樹は大声でいった。「もう一度挑戦する。しばらく日本には帰らない。いや、成功するまでは絶対に帰らないっ」

貴美子が何かいったが、電話を切った。そして到着した列車に、大股で乗り込んだ。

正月の決意（「正月ミステリ」改題）　「宝石　ザ ミステリー　小説宝石特別編集」二〇一一年一二月

十年目のバレンタインデー　「小説　野性時代」二〇一四年一月号別冊付録

今夜は一人で雛祭り　「宝石　ザ ミステリー3、小説宝石特別編集」二〇一三年一二月

君の瞳に乾杯　「宝石　ザ ミステリー2014夏　小説宝石特別編集」二〇一四年八月

レンタルベビー　「SF宝石　小説宝石特別編集」二〇一三年八月

壊れた時計　「宝石　ザ ミステリーRed　小説宝石特別編集」二〇一六年八月

サファイアの奇跡　「SF宝石2015　小説宝石特別編集」二〇一五年八月

クリスマスミステリ　「宝石　ザ ミステリー2　小説宝石特別編集」二〇一二年一二月

水晶の数珠　「宝石　ザ ミステリー2016　小説宝石特別編集」二〇一五年一二月

※この作品はフィクションです。

二〇一七年四月　光文社刊

光文社文庫

素敵（すてき）な日本人（にっぽんじん）
著者　東野圭吾（ひがしのけいご）

2020年4月20日　初版1刷発行
2022年3月10日　4刷発行

発行者　鈴木広和
印刷　萩原印刷
製本　ナショナル製本

発行所　株式会社　光文社
〒112-8011　東京都文京区音羽1-16-6
電話（03）5395-8149　編集部
8116　書籍販売部
8125　業務部

ISBN978-4-334-79002-8　Printed in Japan

組版　萩原印刷